• 衛斯理小說典藏版 54 •

# 血統



衛斯理
親自演繹衛斯理
《血統》

# 新之又新的序言，最新的

衛斯理小說從第一次出版至今，歷時已近半世紀，總共出了多少正版，還能計得清，若是連盜版一起算，那就算找外星人來算，也算匆清楚哉！不知能不能也算世界紀錄。

算得清好，算匆清也好，能幾十年來不斷出新版，說明不斷有讀者加入，對作者來說，沒有更值得高興的事了，謝謝所有喜歡衛斯理的人，謝謝謝謝。

倪匡

二〇二〇年六月四日 香港

# 幾句話

寫了四十多年小說，論者將拙作分為三個時期：早、中、晚。在明窗出版的一批，屬於早期和中期的上半。三個時期的創作風格有相當程度的不同，所以風評不一。本人並無偏愛，但讀友對早期的作品，頗有好評，大抵是由於在早、中期作品之中，主要人物精力充沛，活力無窮，所以使故事曲折多變，小說也就格外吸引。明窗出版社此次重新出版這批作品，正好讓大家來證明這一點。

四十餘年來，新舊讀友不絕，若因此而能有新讀友，不亦快哉！

倪匡

二〇〇五年十一月六日

# 序言

這個故事，使一個過去曾出現的人重現。這個人是《屍變》中的鄭保雲。

在《屍變》中，鄭保雲的特殊身分，已經真相大白，他是外星人和地球人的混血兒。在《血統》中，更進一步，寫了他當年選擇作天龍星人的經過，以及他成了天龍星人之後的心境。

會看門道的朋友，自然都看得出一點寓言的意味——時代在進步，人的眼界在拓寬，若干年前，張家村和李家村的結合，已經是十分嚴重的事，漸漸地楚國和趙國的結合，才會使人吃驚，再接下來，不同文化不同種族的結合，也逐漸為人接受，時至今日，應該可以討論星際混血兒的心態了。

衛斯理（倪匡）

一九八七年二月廿四日

# 目錄

# 目錄

# 第一部

# 陳年舊事齊上心頭

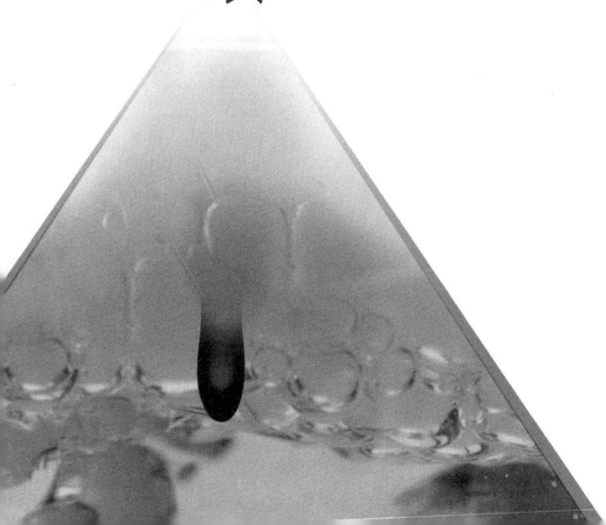

在題為《密碼》的這個故事告一段落之後，我有一個短暫時間的空間——《密碼》這個故事告一段落，日後，還有意料之中，卻又意料之外，十分怪異的發展，我自然會在適當的時間，再把它記述出來。

日後的事態發展如此驚人，我要靜下來喘息一會，才能把它的來龍去脈整理妥當，這是必須在其間隔上另一個故事的原因。

現在記述的這個故事和《密碼》完全無關，可以在情緒上起調節的作用。這個故事，不但離奇，而且在外星人和地球人的生命秘奧上，給我以新的啟示，收穫良多。

這個故事，和以前我記述過的一個故事中的一個人有關連，那個人的名字是鄭保雲。

大家記得這個人嗎？

如果是一直以來都在看我記述各種怪異的故事的朋友，而又有不錯的記憶力，一定可以記得他。對了，他就是那個故事的主角，那個題為《屍變》的故事不是很長，也不算曲折離奇，但是卻存在着極度的懸疑：鄭保雲這個人，極有可能，是一個外星男性和一個地球女性的「混血兒」。

我說「極可能」，是由於雖然多方面的證據，都指出他的父親是一個外星人，但到了最後關頭，他接觸到他父親留下來的秘密，他卻毀去了那秘密，接着，他成了瘋子，據瘋人院的醫生說，像他那種情形的瘋子，是最沒有希望的瘋子。

這一切，全都記述在《屍變》這個故事之中，各位朋友如果有興趣，可以找來看看，在這裏，自然不再複述。我只是補充一下，雖然事隔多年，但當時事情發生之後的情形，我還記得很清楚。

鄭保雲是豪富，陡然成了瘋子，不知留下了多少千頭萬緒的事要處理，他的母親，鄭老太太，認定了我是她的鄉里，鄭保雲忽然瘋了，她自然傷心欲絕，她是一個典型的農村婦女，沒有現代知識，也不知如何處理才好，所以當她一把眼淚、一把鼻涕，要求我幫她處理善後之際，我只好勉為其難地答應。

事實上，我也不擅於處理那麼複雜、龐大的企業集團的業務，所以我所能做的，只是委託了當地的幾家信譽昭著的律師事務所，把龐大的企業，分門別類，揀可以穩得利潤的保留，要動腦筋、冒風險的，全都出讓、結束，集中了一大筆現金。那樣，不但鄭老太可以絕對生活無憂，如果鄭保雲有朝一日，瘋病痊癒了，他喜歡守也好，喜歡攻也好，都可以不成問題。

現在，說起來很簡單，但當時處理起來，也足足花了我大半年時間。

事後，鄭老太仍然傷心欲絕，可是她還不忘記問我要什麼報酬。

當時的情景，我還記得十分清楚——本來，這些經過不值得再提，但在事隔多年之後，事情忽然又有了突變，那就得再把舊事找出來說說。

當我把一切處理妥當，準備告辭離開時，地點就在鄭家巨宅，鄭保雲的書房之中。鄭保雲的書房，就是以前他父親在世時的書房，陳設古色古香，幾乎沒有一件不是古物。

鄭老太對她的兒子何以會發瘋，一點也不知情。我也無法向她解釋。事實上，鄭保雲發瘋的真正原因，我也不能百分之百的確定。至今為止，我也只能推測，他是因為知道了他自己是外星人和地球人的「雜種」，而受不了刺激，所以變成瘋子。

我一直在懷疑，鄭保雲這個人，雖然神經質得可以，甚至可以說相當不正常——起初他向我求助，但是當我知道了他身世的秘密時，他竟然派人謀害我，可是最後，又不得不和我合作。

一個情緒像他那樣不穩定的人，自然比起常人來，忍受精神打擊的力量比較差，可是，會不會差到這種程度，僅僅因為父親是外星人，而瘋得那樣徹底？

他的外形完全和地球人一樣，他父親在他出世之後，也一再高興兒子和他不一樣，鄭保雲完全可以作為一個地球人生活下去，可是他竟然瘋了。這是我一直在懷疑另有原因的理由。

所以，當鄭老太又開始哭問我「阿保好好的為什麼會瘋」，我只好苦笑着回答：「老太，天有不測風雲，人有旦夕禍福啦。」

鄭老太抹着眼淚，我又把醫生的話瞞着不說，安慰她：「你也不必太難過，他可能是一時之間有什麼事想不開啦，過些日子就會好，照樣做事娶老婆，讓你抱孫子啦，你——」

我還想找點話來說下去，可是鄭老太雖然沒有知識，卻一點也不笨，她嘆了一聲，打斷了我的話頭：「好得了好不了，只好聽天由命啦，這些日子來，辛苦你了，你……應該送你一些東西……」

我忙道：「老太，不必啦，我日子還過得去。」

鄭老太又長嘆了一聲，這時，就在鄭保雲發瘋的書房中，我也不禁十分傷感。鄭保雲在荷花池的底部，找到了那隻白銅箱子，在箱子中找到了一本小簿子，他一個人看着，我也不知道他看完了沒有，也不知道小簿子上記載着什麼。因為被我們懷疑是外星人的，他的父親鄭天祿，在小簿子的封面寫着這樣的字句：「希望這本小簿子不被人發現，如果被人發現了，我希望發現者是我的後代。」

有這樣的說明，當然那小簿子中所記載的事，和他的來歷有關。

我也無法判斷鄭保雲當時，是把小簿子撕了吞下去的時候已發瘋，還是吞下去之後才發瘋，或是發了瘋才吞下那本小簿子，總之，當時的情景，十分駭人，鄭保雲所發出的那種笑聲，回想起來，也不免令人遍體生寒。

當我一再推辭，鄭老太一再堅持之後，我看到了那隻還放在書桌上的白銅箱子，箱子還打開着。當時，鄭保雲把特製的鑰匙插進去之後，沒有勇氣去打開它，是請我代為打開，那本小簿子是我取出來給他的。

等到他忽然瘋了之後，立時引起了大混亂，混亂一直持續着，書房中雖然人進人出不知多少，但是誰也沒有注意那隻箱子。

這時，我看到了那隻空箱子，鄭老太又那麼堅持，我只好嘆了一聲，指着那箱子：「這隻箱子，曾經放過十分重要的東西……現在空了……就給我留個紀念吧。」

鄭老太自然一口答應，又從腕上褪下了一隻碧綠通透的翡翠鐲子來，放進箱中：「哪有空箱子送人的道理，這鐲子還過得去——」

我忙道：「老太，我不要——」

鄭老太瞪了我一眼：「不是送給你，是送給你老婆的，老天保佑你們都平平安安。」

老人家的心地十分好，我不便再推辭，只好領了她的情，抱着那白銅箱子離開。

那隻白銅箱子的構造十分奇特，體積不算小，約莫和普通的公文箱差不多，但是裏面的空間卻很小，只能放得下一本可以在一分鐘內被吞進肚去的小簿子。其餘部分全是實心的。看起來，像整塊銅塊挖出來，沉重無比。

當我回家之後，一面把箱子在白素面前打開，讓她看鄭老太送給她的鐲子，一面向她敘述着整件事的經過，白素聽得極有興趣。

在我說完之後，她十分肯定：「鄭天祿自然是外星人，這應該可以肯定。」

我點頭：「我也肯定，鄭天祿不知來自什麼星體？他外形幾乎和地球人一樣，只是骨骼構造有點不同，這個星體上的外星人性格相當有趣，來到地球之後，竟然營商，成了大富翁，又娶了一個鄉下女子為妻。」

白素側着頭：「他娶妻的過程，也相當玄妙，像是經過精密的選擇，才揀到了鄭保雲的母親。」

我也笑了起來：「不知道他擇偶的標準是什麼？」

白素來回走了幾步，我只不過是隨口說一說，白素卻認真地思索起來，我剛想叫她不必去想，因為這個問題並無意義。可是我才一揮手，白素卻已然有了答案：「我想，他一定在揀一個能為他生孩子的地球女人，他的目的是要一個兒子。」

我呆了一呆，白素又道：「在鄭老太的敍述中，提及她懷孕之後，她丈夫的話，其中有一句是：『他和他們都想不到。』他指鄭天祿，他們，自然是鄭天祿的同類，可知鄭天祿一直和他自己的星體有聯絡。」

白素的話令我略微震驚了一下，我同意她的說法：「鄭天祿在遺囑上，吩咐一定要妥善保存他的屍體，不知有什麼作用？也不知鄭老太突然決定要把真空的不鏽鋼棺材自地下挖出來這一行動，是不是破壞了鄭天祿原來的計劃？」

這一切，都無從解答，當時我和白素兩人也只是想過就算了，沒有進一步研究下去。白素只是道：「很可惜，鄭保雲竟然成了瘋子，如果不是，他是人類有史以來，第一宗星際通婚的下一代。」

我苦笑：「他就是因為這一點才成為瘋子的。」

白素又道：「一般來說，混血兒都比較聰明，鄭保雲是外星混血兒，一定更聰慧過人了！」

我回想和他打交道的經過，聳了聳肩：「不敢恭維得很，只覺得他怪異莫名——」

在說了那句話之後，我又忽然大發異想：「星際通婚……鄭天祿真是第一宗嗎？鄭保雲也可能不是第一個星際混血兒，說不定，不知有多少星際混血兒，正夾雜在我們之間生活。」

白素當時蹙眉想了一會，才道：「希望鄭保雲能恢復正常就好了。」

我則重複着醫生的話：「他是最沒有希望的瘋子。」

關於鄭保雲的討論，就到此為止，那隻白銅箱子，連同鑰匙，也被我隨意放進儲藏室之中，長久以來，連碰都未曾再去碰它一下，根本已忘記了。然而，事情卻突然有意想不到的變化。各位朋友當然已經料到，突變發生在鄭保雲的身上。那天下午，溫寶裕和良辰美景才離開不久，我的耳際還由於他們三人剛才半小時之中不斷製造的噪音而嗡嗡作響，電話鈴響起。

我拿起電話來，對方自報姓名：「我是費勒醫生，在馬尼拉精神療養院服務。」

我愣了一愣，只是「嗯」了一聲。

費勒醫生又道：「我們有一個病人，叫鄭保雲——」

一聽到鄭保雲的名字，我陡然想了起來，往事一起湧上心頭——記憶是一種十分奇妙的現象，一樁事，實際的經歷時間可能極長，但就算長到十年八載都好，當你憶想起這樁事情之際，卻可以在極短的時間中，一下子全想起來。

我想起了鄭保雲的一切，不禁「啊」地一聲，以為醫院方面傳來的一定是壞消息：在瘋了若干年之後，還會有什麼好消息？

可是，電話那邊卻道：「衛斯理先生，我們的病人……有一種很奇異的現象，他……堅持要見你。」

我愣了一愣，一時之間，不明白那是什麼意思。鄭保雲在入院之後，我去看過他幾次，每次，不是狂笑，就是瞪着眼一聲不出，醫生說他連語言機能都喪失了，怎麼能「堅持要見我」？

如果他能夠「堅持要見我」，那就證明他至少可以表達自己的意見了。

一想及這一點，我大是高興：「鄭保雲，他，痊癒了？那是什麼時候的事？」

費勒醫生遲疑了一下：「不能說是痊癒，情形……十分特殊，衛先生如果可能，最好到醫院來一下。」

他言詞閃爍，可知其間還有一些問題。我略為考慮了一下，還未曾答覆，那費勒醫生又道：「鄭先生雖然是豪富，可是似乎找不到什麼人可以對他……負責，他的母親去年謝世，你是在醫院紀錄中他唯一的聯絡人。」

費勒醫生多半是怕我不肯去，所以才提醒我對鄭保雲有一定的責任。

的確，當年他發瘋，送他進精神病院的是我，這使我自然而然地成為他的聯絡人。人在人情在，鄭保雲一成了瘋子，昔日的種種追隨者，自然也風流雲散。費勒醫生又告訴了我鄭老太的死訊，想起那位老太太，我也不禁十分欷歔。

我對鄭保雲的處境十分同情，就算沒有疑點可以在他身上發掘，他久病之後，有了起色，我也應該去看看他，所以我道：「好，我會盡快趕來，請你先告訴他，我會來看他。」

費勒醫生的聲音大是高興，連聲道：「謝謝你，謝謝你。」他這種態度，使我略感奇怪：我答應去看鄭保雲，他何以那麼高興？看來這種高興，已經超越了醫生對病人的關心。

我只是略想了一想，沒有深究下去。

放下電話之後，我又把和鄭保雲在一起的事，仔細想了一想，想起了其中的一個細節，十分有趣：鄭老太說鄭天祿在揀妻子的時候，戴上一副「形狀奇特，會閃光的眼鏡」對着被選擇的女孩子看，這個細節後來在討論的時候，我和白素都忽略了過去。

現在想起來，那副「眼鏡」多少有點古怪——是不是通過這副眼鏡，可以看穿人體的結構，從而判斷這個女孩子會不會生育外星混血兒？

在接下來的時間中，陳年舊事全都從記憶中跳了出來，白素回來時，在書房外一探頭，看到我獨自在發怔，笑道：「那幾個小朋友沒來吵你？」

她自然是指溫寶裕、胡說、良辰美景而言，這幾個小朋友，經常在我這裏聚集，吵得天翻地覆，白素和我也習以為常了。

我笑了一下：「把他們趕回陳長青的屋子去了。我剛才接到馬尼拉的長途電話，精神病院的一個費勒醫生打來的，猜猜是誰要見我？」

白素呆了一呆，倚着門框，側頭思索着。她這樣的姿態十分動人，我看得有點發呆。她用不敢肯定的口吻問：「那個……外星混血兒？」

我鼓掌，表示稱讚她一猜就中，白素立時道：「他痊癒了？」

我道：「不能很肯定。」

説着，我把電話錄音放給她聽一遍，白素揚眉：「奇怪，那醫生講話好像有點不盡不實。」

我道：「我也有這個感覺，我覺得他好像很有點難言之隱。」

白素笑：「去了一看，就可以知道是什麼情形了——」

她搖着頭：「我不去，鄭保雲這個人，照你的描述，相當古怪，要是事情與你沒有什麼大關係——」

我也笑着：「萬事不關心？」

白素揮着手：「我們還沒有到這地步吧。」

我決定立刻動身，一小時之後，已經身在機場，當日接近午夜時分，我已到了馬尼拉，租了一輛車，直驅那家精神病院。

# 第二部

# 瘋子的遊戲

精神病院和若干年前，我送鄭保雲進去的時候一模一樣，草木繁茂，門前的一大簇芭蕉樹，隨風搖曳。我在醫院門口，向傳達室道明了來意，立時被請到會客室，不一會，費勒醫生便急匆匆走了進來。他出乎意料之外的年輕，看起來不過二十五六歲左右，多半是才從醫學院出來。

費勒和我熱烈握手，又出乎我意料之外。他用力搖着我的手，十分熱情地道：「衛先生，我聽說過你許多事，尤其是有關精神病醫生的那個故事。」

我自己一時之間，反倒想不起哪個故事是和精神病醫生有關，而費勒這年輕人，看來性子很急，講話有點有頭無尾，這樣說了一句之後，立時又拋開，說第二個話題：「鄭先生知道你會來看他，十分高興。」

這是我關心的事，我忙問：「他的情形怎樣？」

費勒苦笑了一下：「作為精神病醫生，我甚至難以下斷語，所以也極希望聽你的意見。」

他的話，比在電話中更加難以捉摸，我心中疑惑，心想還是不要多問，見了鄭保雲再說，所以我作了一個手勢：「還等什麼，這就去看他吧。」

費勒點着頭，帶着我，卻走出了醫院的主要建築物，走向花園去，我奇怪道：「鄭先生他——」

費勒解釋着：「鄭先生是豪富，他的家人特地為他造了一座十分精緻的屋子，派了許多人來聽他使喚，不過一直以來，他什麼知覺也沒有，自然不懂得什麼享受，只是近一個月來才有些不同。」

我問了一句：「他清醒了？」

我曾是鄭家龐大財產的處理人，我和鄭老太商量過，撥出了一筆為數極巨的現金，委託律師事務所處理，全是歸鄭保雲使用的，如果他已清醒的話，那正好可以用這筆錢來改善處境。

費勒對於我那麼簡單的一個問題，卻沒有法子直接回答，只是嘆了一聲。

我倒也不以為怪，因為一個精神病患者，很可能情況轉變，介乎清醒與不清醒之間，很難界定，鄭保雲多半是那種情形。

轉過了醫院的主要建築，在花園的一角，可以看到一棟十分精緻的洋房，燈火通明，費勒醫生沒有說什麼，只是伸手指了指。

那自然就是鄭保雲的「特別病房」了。我一直不知他有着這種特殊待遇。費勒又道：「原來的主治醫師逝世，我接手作他的主治醫生，還只是三個月之前的事。一直以來，他都被認為是沒有希望的。」

我道：「是，那是以前主治醫師的結論。」

費勒遲疑了一下：「三個月前，我作為他的主治醫師，又曾替他作了十分詳細的檢查，結論仍是一樣。」

我「哦」了一聲，揚了揚眉，替代詢問，費勒苦笑了一下：「所以，當一個月之前，我去看他時，他忽然對我說起話來，那……幾乎……把我……嚇呆了。」

我停了下來，盯着他，大有責備的神色：「精神病患者，會忽然痊癒，這不是罕見的病例。」

（我就曾在瘋人院中，被當作沒有希望，連白素也不認得，後來是在門口一跤仆跌，頭撞石階，才奇蹟也似的「醒」過來的。）

費勒給我說得滿臉通紅：「我……知道，可是他的情形大不相同，他忽然向我說：『我要見衛斯理』時，神情一點也沒有改變，我甚至不知道『衛斯理』是什麼，問他，他也沒有反應，只是重複地說着，這種情形……真是罕見之極。」

我想像着情形，費勒的形容能力不算強，但也可以設想一下這種情形。我道：「他不止向你提出一次吧？一直是那樣？」

費勒道：「直到最近一次，我告訴他你肯來，他……居然……微笑了一下。」

我又不禁惱怒：「什麼叫『居然』笑了一下？」

費勒苦笑：「你看到了就會知道，他……不知有多少年……沒有微笑了，他只是狂笑，所以他臉部的肌肉，不懂得如何表達微笑，或許是他不懂得控制……總之，現出的笑容，怪異莫名。」

他說到這裏，不由自主打了一個寒戰。

這時，已來到了那棟洋房的門口，一個穿着白制服的僕人，迎了上來，神色顯得十分慌張，而費勒又像是知道僕人神色慌張的理由，向僕人使了一個眼色，僕人則點了點頭。

這些小動作看在我的眼中，令我又是好氣，又是好笑，立時冷冷地道：「醫生，如果你有什麼事瞞着我，現在該說了吧。」

年輕的費勒可能本性並不鬼頭鬼腦，聽到我那樣譏諷他，立時漲紅了臉，不知如何才好，我冷笑地望着他，他苦笑着：「不是……有事瞞你……是發生了什麼事，我……完全不知道，那自然……也無從向你說起，只好……請你自己去看……」

他支支吾吾地說着，我已經大踏步向石階上走去，他和僕人，急急跟在後面。

一進門，那洋房完全照着正常的形式建造和佈置，看來絕不像是醫院的「病房」。家具陳設還很新，樓梯口有兩個僕人，費勒指了指樓上：「他一直住在樓上的一間房間中，由於他的情形十分惡劣，所以那間房間，和醫院的嚴重病患者的病房一樣。」

我知道那種病房的情形，例如為防病人自己傷害自己，房間的牆壁都鋪上了軟膠，窗、門上皆有鐵柵之類，無疑是一間囚室，真正嚴重的時候，甚至還要把病人固定在牀上。

當時，我皺了皺眉，咕噥了一句：「現在他情形應該有好轉，還有必要留他在病房中？」

費勒醫生欲語又止，仍然是吞吞吐吐。我也不去理會他，連跳帶奔，上了樓梯，費勒急急跟在我的身後，有點氣喘。

上了樓，他指了指一扇關着的門，那門上有一扇小窗子，這種情形，使我知道，那就是鄭保雲的「病房」，那小窗子用來觀察病人動態。

我來到門前，推了推，門鎖着，當我回頭向費勒望去的時候，幾個僕人也跟了上來，他們都現出慌張的神色，費勒向那小窗子指了一下，示意我先打開小窗子觀察。

看他們這種情形，分明是這屋子中的人，都把鄭保雲當作了一個十分危險的人物。

這一點，不禁令我大是反感。

有很多瘋子十分危險，俗稱「武瘋」，會暴力傷人。不過鄭保雲從來也沒有那種情形，而且他既然提出要見我，可知他的腦筋大是清醒，何必還要這樣對待提防他？如果這一切全是費勒的吩咐，那麼費勒不能算是一個好醫生。

我心中不滿，悶哼了一聲：「我不習慣從一個小洞口看我的朋友，拿鑰匙來。」

費勒聽出了我話中的惱怒，他一面把一柄鑰匙交給我，一面解釋着：「他……他的……他有點怪，所以……」

我不等他講出所以然來（看他的情形，他根本說不出所以然來），就道：「再怪，也不過是一個嚴重的精神病患者。」

費勒像是想對我這句話有異議，但是他沒有機會說什麼，因為這時，我已打開了門。

門推開，我看到那是一間光線明亮、寬敞乾淨的房間，房中幾乎沒有什麼陳設，只是在一角，有一張相當大的牀墊，一個穿着白色病人服的人，直挺挺地躺在那牀墊之上。我看到病房中的環境不錯，反感的心情稍減，我一面走進去，一面大聲道：「老朋友來了。」

牀墊上躺着的，自然是鄭保雲，我才一叫，他就筆直地坐起，向我望來。和他打了一個照面，我不禁愣了一愣：幾年的嚴重病疾，對他來說，一點影響也沒有，他和以前完全一樣，不見老，也不見憔悴，他的臉色本來就很蒼白，所以這時看來，也不覺得異樣。

他坐了起來之後，盯着我看，我向他走近去，他的雙眼沒有什麼神采，但是又使我可以明顯地感到，他一定有思考能力，決計不是一個毫無希望的瘋子。

我們互望着，費勒和幾個僕人也跟着走了進來，我感到病房中有一種十分異樣的氣氛——我只是這樣感覺到，而絕說不上何以會感到奇特，因為一切全十分正常。

不過我對於自己的這種直覺，頗具信心，所以我也提高了警覺。

我來到了鄭保雲的身前，向他笑了笑：「老朋友來了，握握手？」

我忽然會說出「握握手」這句話來。全然是受了鄭保雲的暗示，鄭保雲這時，沒有說什麼，只是呆呆地望着我，他呆滯的眼神中，也沒有什麼特別的表示，可是我卻一眼看到他的手，按在牀墊上，手指在重複着收縮、放開的動作，這讓我立即感到，他可能想和我握手。

我一面說，一面已伸出手去，費勒醫生這時在我的背後，用又低又快疾的聲音叫了起來：「小心！他的氣力十分大。」

我並不轉過頭去，我一伸出手，鄭保雲也伸出手來，他仍然坐着，我們兩手互握，他欠了欠身，我也自然而然向上拉了一下，他就順勢站了起來。

就在那一剎間，我覺得和他互握的手，手中多了一樣不知是什麼東西，那東西，自然本來在他手中，趁握手的時候，塞向我掌心。

在那一剎間，我幾乎忍不住哈哈大笑：鄭保雲在搞什麼把戲？他藉着和我握手的機會，向我傳遞信息？他自以為是一個受着嚴密監視的重要人物？早知道這樣子，我應該派溫寶裕來，做他的遊戲玩伴。

一想到這一點，我幾乎立時就想把手抽回來，攤開掌心，責問他那樣做是什麼意思。

可是也就在那一剎間，由於他被我從牀墊上拉了起來，兩人之間的距離自然十分近，我接觸到了他的眼神。

那使我突然一愣，因為這一瞥之間，他的眼神之中充滿了機警、焦慮、企望，簡直靈活無比，和剛才的呆滯大不相同。然而，那也只是一剎間的事，轉眼之間，他又變得目光木然，使我幾乎疑心剛才眼花。

我心中震動了一下，心知一定大有古怪，從費勒的神態到鄭保雲的神態，都怪異莫名，那一定有着我所不明白的原因在。

我不動聲色，縮回手，把鄭保雲給我的東西握在掌心中，自信周圍的人再多，就算再加上監視系統，由於我神情自若，也不會有什麼人發覺我和鄭保雲在一握手間，已經有了花樣。

我伸手在鄭保雲肩頭上拍着：「怎麼，要見我？有什麼事？」

鄭保雲口張開，口唇開始顫動，看他的樣子，不是很能運作口部發出聲音。我自然知道這時他一切癡呆的動作和神情，全是假裝出來的，因為決沒有一個瘋子，會懂得利用握手的一剎間傳遞信息。

鄭保雲假裝出來的神態像極了，我不知道他為什麼要假裝，只好望着他，過了好一會，他才突然以十分嘶啞的聲音叫：「衛斯理，我要見衛斯理。」

我實在不知道他在耍什麼把戲，但情形既然如此，我也只好陪他耍下去，我道：「我已經來了，你不認得我？我就在你的面前。」

鄭保雲一聽得我那樣講，突然之間，發出了一下怪叫聲，隨着他一張口，一拳向我當胸打來。他的行動出乎意料，我反應敏捷，自然也可以應付，我伸手想把他的拳頭抓住，可是在那一剎間，我又在他的眼神中看出，他要求我不要攔阻他，那使得我猶豫了一下，動作也慢了一慢。

就在那一慢之間，「砰」地一聲響，胸口已被他一拳打中，而真正出乎我意料之外的是，那一拳力道之大，以我在武術上的造詣，幾乎經受不起，一股大力湧來，我的身體，立時自然而然生出反應，尋常彪形大漢的一拳之力，也可以立時化解，可是這時，一陣疼痛，我身子一晃，再晃，終於站立不穩，跌退了出去。

我還未曾弄明白為何會有這種情形發生時，我身後已有人扶住了我，迅速拉我向後退出去，同時，在我面前的鄭保雲，突然又「哈哈」大笑了起來，那情形，和他才發瘋的時候一樣。

我實在不想就此離去，可是當時一陣混亂，我被扯出了房間，房門迅速關上，在房內，傳來了一陣「砰砰」的聲響，顯然是鄭保雲正在向房門攻擊。照這種情形來看，鄭保雲發瘋的程度，比沒有希望更甚。

然而我又可以肯定，真實情形必非如此。

扯我出來的，正是費勒醫生，在門外站定之後，我向他望去，他一副「現在你知道了吧」的神情。我掌心中仍然捏着鄭保雲給我的不知是什麼的東西（感覺上像是一個小布團，我還未有時間攤開手來看），我心中充滿疑惑：「他……一直是這樣子？」

費勒點着頭：「他提出要求，恢復了簡單的講話功能，這證明了他情形大有好轉，可是……你本人來了，他也不認得，一樣打你——」

他才講到這裏，我已聽出他話中大有漏洞，我一揮手，打斷了他的話：「什麼意思，在我之前，還有不是我本人來過？」

費勒神情古怪，用力吞了一口口水：「這……你聽我解釋……他開始提出要見你，是一個月之前，我已經說過，我們根本不知道他要見的是什麼，後來總算弄清楚了……那是一個人名——」

他講到這裏，我已忍不住悶哼了一聲，費勒的神情尷尬：「在醫院的檔案中，有你的名字，可是事隔多年，不知是否能和你聯絡，而且經過會診，一致認為他病情依然，忽然能說一句要見你，可能只是腦部潛意識活動突然復蘇了極小部分的結果。」

我作了一下手勢，表示明白他的話，而且我也知道了事情發展下去的經過。果然，他又道：「我們也不知如何找你，所以找了一個人假扮是你去見他，和剛才的情形一樣，才講了兩句話，就被他當胸一拳，打斷了一根肋骨，你……你肋骨沒事吧？」

費勒到現在，才來關心我的肋骨。

我胸前還在作痛，鄭保雲的那一拳，竟然有那麼大的力道，真有點不可思議。我搖了搖頭，費勒又道：「他一直在叫着要見衛斯理，在試過三個假扮的人都被他打斷肋骨之後，我們只好用盡方法和你聯絡，現在……證明診斷不錯，他一點也沒有進步……你是真的衛斯理，一樣被他打了……」

費勒說到這裏，居然幽默了一下：「唯一不同的是，你的肋骨沒有斷。」

我這時，思緒起伏，剎那之間想到了許多事，雖然我想到的事都還只是大團疑雲，但是我卻可以肯定。如今在病房之內的鄭保雲，非但不是一個瘋子，而且比正常人更清醒，更攻心計。

他不但假扮瘋子，而且，也假裝認不出我。

我不明白的是：他行事何以如此詭秘？

費勒醫生和那些僕人的慌張神態，本來十分令人起疑，但這時已有了解釋——鄭保雲會打人，而且出拳的力量極大，被打斷肋骨，當然不會令人感到愉快，所以他們會慌張。

而費勒的言語支吾閃爍，也可以理解，鄭保雲看來狀況並未改善，卻又知道提出要見某一個人，這種現象，造成了醫生在醫學上的迷惑，他又不能承認自己的無知，自然變得說起話來不那麼乾脆。

令我不解的是，鄭保雲在這裏並沒有敵人，他為什麼行事這樣隱秘，像是置身在滿是敵人的環境之中？我立即想到了他尷尬的「混血」身分，連帶想起：他會不會在情形有了一點改善之後，想像全人類都要對付他，所以在心理上形成了巨大的恐懼，才把自己當作是驚險故事中的主角？

當時，也無法有什麼結論，我還想再試一試費勒，所以故意埋怨：「原來你早知道他會出拳打人，為什麼不早警告我？」

費勒被我責備得滿臉通紅：「我……我真的不知道他見了你也會出手……我以為他一定認得你。」

我悶哼了一聲：「如果他認得我，那表示什麼？」

費勒道：「那表示他的情況大有改善，痊癒的可能性極高。」

我在心中說了一句：「他早已痊癒了，只是你這飯桶醫生不知道。」

那時，我急於看鄭保雲塞給我的是什麼，我道：「這屋子中有空房間嗎？我想住下來，再多觀察他幾天，反正來了，不急着走。」

費勒對我的決定十分支持，連聲道：「好，我也住在這裏，有什麼情形，可以立即研究。」

又說了些無關緊要的話，我被引到一間房間中，我立時攤開手，果然，手中握着的是一個布團，我將之攤開來，那是一塊大約十公分見方的布片，邊緣十分粗，看來是硬扯下來的，它的來源我也一眼就可以肯定：來自白色的病人服。

在布片上，寫着一個字：Help，毫無疑問，那是一個求助的信息，而且十分緊急，那個英文字。看來斷斷續續，黑褐色，不知用什麼東西寫成的，有點像血漬。

我不禁大是愕然，鄭保雲在向我叫救命，可是我卻一點也不覺得他有什麼危險。那只是一個瘋子的把戲？我想了一想，心忖我才到這裏，環境究竟如何，我還不是十分清楚，說不定鄭保雲的處境，真的極度危險，而我未曾覺察出來？

可是想來又絕無此理，因為若是費勒有意害鄭保雲，就絕不會把我找到這裏來。難道危險不是來自費勒，是那幾個僕人？

我剛才已留意到，屋子裏一共有四個男僕，一個女傭，不妨再去觀察一下。我就又走了進去，在屋子上下走着，好幾次經過病房門口，也見了所有的傭僕，他們態度恭謹，一點也看不出什麼不對頭。

我想，無論如何，應該和鄭保雲單獨見一下，那可以等到夜深時再進行，如果是遊戲，也可以增加氣氛，我還有時間可以好好休息一下。

又經過了病房，我一時興起，在門口站定，不見有什麼人，我伸手在門上急速地敲着，敲的是最普通的摩士電報密碼。

我敲出的句子是：「午夜之後相見。」

我根本沒有想得到回音，一敲完，就待向前走去，可是才一邁步，門上就傳來了敲擊聲，同樣是密碼，敲出的是：「知道。」

我呆呆地望着那扇上了鎖的門——剛才被扯出來時，一陣混亂，沒有注意門什麼時候鎖上，也沒有留心鑰匙在誰手中。但要弄開這樣的一扇門，用最簡單的工具，大抵不會超過一分鐘。

我真想立時就弄開門來，看看房間之中，除了鄭保雲之外，是不是有別人，要是只有鄭保雲一個人的話，也好立時問他，究竟在搞什麼鬼。

一個聽得懂密碼，而且立時可以作出相應回答的人，絕不可能是瘋子，甚至不只是普通智力，一定機警之極。

可是，鄭保雲要是有這樣的機警，他何以自己不能離開這房間？房間雖然上着鎖，但那只是為智力喪失的瘋子而設的。

我在門口站了足有一分鐘之久，想不通其中的玄妙，只好認定了那是遊戲，既然是遊戲，索性玩得逼真一點，我也就決定等夜深了再來。

我吹着口哨，吹的是一首英國古老的民歌，這首民歌的曲調，在第二次世界大戰，囚禁盟軍的戰俘營中，十分流行，曾不止一次被用來作為戰俘逃亡時聯絡的信號。如果鄭保雲也懂得的話，一定可以知道我是叫他耐心等待一下，快「天亮」了。

等了片刻，沒有什麼反應，我回到了房間中，洗了一個澡，閉目養神，我想到該和白素聯絡一下，但是房間中沒有電話。

我又把鄭保雲的怪異處，想了一遍。作為可能是一個外星混血兒，他可以說一點也沒有什麼異特之處，不像不久以前我曾遇到過的那一對雙生兄弟，他們秉承了外星父親的發電能力，當兩兄弟身子相接觸時，猶如陰陽極一樣，會發出強烈無比的電流。

只可惜他們兩人已經利用了他們父親留下來的飛船，離開了地球，也不知是不是回歸到了他們原來的星球。

若是他們還在地球上，把他們找來，和鄭保雲見見面，鄭保雲知道自己並非是地球上唯一的外星混血兒，對他的嚴重精神病可能大有幫助。

（會發電的兩兄弟的異事，記述在《電王》這個故事之中。）

倒是鄭保雲的父親鄭天祿，十分值得研究，但多年之前，鄭天祿已成了一副屍骨，屍骨也被鄭保雲毀去，想研究也無從研究起了。

胡亂想了一會，又假寐了片刻，已經是接近凌晨時分，正是展開秘密行動的好時刻。我打開了房門，雖然燈火通明，但靜得出奇，我走出了房間，來到了病房門口，全然沒有遇到任何阻攔。

我把一根鐵絲插進鎖孔中，不到半分鐘，旋動門柄，門鎖應聲而啟，門一推開，我就壓低了聲音：「我來救你了，準備逃亡。」

當我在這樣叫着的時候，仍然充滿了遊戲的意味，甚至還在想，讓溫寶裕、良辰美景來玩這個遊戲，他們一定可以玩得興致盎然。

可是當我一叫出了那句話，定睛向房間中看去時，我不禁陡地一呆。

# 第三部

# 消失無蹤

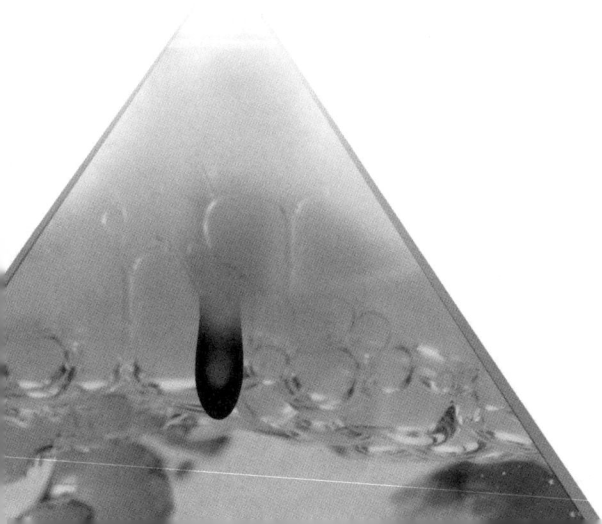

房間中並沒有着燈，但外面燈火甚明，完全可以看到房間中的情形：沒有人。

我在一愣之下，反手把門關上，房中黑了下來，房間中沒有電燈，看來那是防備病人出事的措施。不在房間中，自然是在浴室。我走向浴室，推開門，浴室和普通浴室大是有異——那不必多描述，重要的是，浴室之中，也沒有人。

鄭保雲不在。

我心跳加劇，我曾預想會有任何情形發生，但是卻再也料不到鄭保雲不見了。是不是事情本來就極嚴重，我卻掉以輕心，這時候，對鄭保雲不利的事已經發生，我錯過了救他的機會？

一想到這一點，我雙手緊握着拳，心中難過之極，不知如何才好，呆立了好一會，才開始檢查病房，發現窗上的鐵枝，盡皆完好。

那也就是說，鄭保雲從門口離去，如果他處在危險之中，他就絕不是自動離去。

我愈想愈不是味道，轉身走出了病房，來到了費勒醫生的房前，用力敲門，不一會，費勒睡眼矇矓地打開門，我伸手拉他出來，指着病房的門，費勒醫生一看，揉了揉眼，再一看，大是吃驚：「這……這……怎麼一回事？」

我道：「鄭保雲不見了。」

費勒吃驚得難以形容，雙手亂揮着，可是又勉力鎮定着：「不要緊，我通知醫院方面，精神病患者逃走……是很常見的事。」

我道：「他不是逃走，可能被人脅迫離去。」

費勒用一種異樣的神情望着我，低聲道：「你……只怕是冒險故事……想得太多了。」

我怒道：「少廢話，把屋中所有的人全叫起來。」

我那時的樣子一定十分兇，費勒呆了一呆，立時向着樓下大叫，不一會，僕人和女傭，全都被叫了起來，他們聽說鄭保雲失蹤，都驚惶得不知所措。

在他們的口中，問不出什麼來，費勒已通知了院方，我盯着他：「以專家的身分，你說鄭保雲有沒有可能感到他自己身在險境而向人求救？」

費勒一時之間，全然不知我這樣問是什麼意思，只是瞪着我看，過了片刻，他才惘然：「危險？他會有什麼危險？而且他的情形，根本不應該知道什麼叫危險，他是一個瘋子。」

我悶哼了一聲：「可是他向我求助，他像是在嚴密的監視之下，用隱秘的方法向我求助。」

費勒仍然瞪着我，他的眼光把我也當成了瘋子，我把他拉到我的房間，把那布片給他看，又把經過的情形告訴他。

他聽得張口結舌：「這……不可能，如果他……會做這樣的事，那證明他早已是一個正常人了。」

我沉聲：「他是一個正常人，甚至會用密碼敲打出回答來。」

費勒神情疑惑之極：「如果他早已恢復了正常，他為什麼還要裝瘋？」

這正是我心中在想的問題，當然沒有答案。就在這時，一陣急促的犬吠聲，傳了過來，一聽到那種犬吠聲，我就聽出那是一種特別靈敏的尋人犬，費勒吸了一口氣：「精神病人脱逃的事，時常發生。有許多精神病人十分危險，必須在第一時間把他們找回來，所以醫院中有很好的尋人狗。」

說話間，犬吠聲更接近。不一會，兩頭中等體型的狗，迅速奔上樓來。有這樣的狗隻，要找尋失蹤者自然方便得多。

兩隻狗到了病房門口，陡然靜了下來，神態顯得十分機警，接着，小心翼翼，走進了病房，東嗅西聞，足有兩分鐘之久。

我十分心急，因為鄭保雲是什麼時候失蹤的都不知道，多耽擱一分鐘，事情就可能多一分變化。我向牽狗的那人作了一個手勢，牽狗的人用力扯着，可是兩隻狗，還在嗅着，而且開始不斷吠叫。

我知道這種狗有極其特殊的本領，可以分辨出超過六千種不同的氣味，而一種氣味被牠聞過之後，就算隔上一年，牠也可以記得起來。

這時候，他們聞了又聞，未免有點反常，那牽狗的人，也神情疑惑。

又過了兩分鐘，兩隻狗才向外竄去，牽狗的人一個不小心，皮帶自他的手中脫落，狗向前奔去，我忙道：「快追上去。」

我是繼兩隻狗竄出屋子之後，第一個追出去的人。

兩頭狗並不叫，只是飛奔向前，我跟在後面，還好月色甚明，不然，我和犬隻之間的距離漸漸拉遠，黑夜之中要追兩頭深色的狗，還真不是容易的事。

兩隻狗一下子就竄出了醫院的圍牆，我也跟着翻過去，看到狗在奔向一個小山坡。那小山坡在醫院的後面，全是灌木叢和大大小小的石塊，當我來到山坡下面時，狗早已上了山，在山頭上發出了驚心動魄的吠叫聲。

我一口氣上了山，看到兩隻狗在一塊極大的大石旁，撲着、叫着。尋人狗有他獨特的「行為語言」，如果這時，他們撲的是一隻箱子，那麼，可以毫無疑問地肯定，鄭保雲就在那箱子之中。

可是這時，牠們撲叫的目標卻是一塊大石。

鄭保雲不可能在大石中，也不可能在大石下，那麼，這兩頭狗的撲叫代表了什麼？

那塊大石約有半人高，上面相當平整，兩頭狗撲了幾次，一下就撲了上去，仍在不斷吠叫，我已躍上了大石，只見兩隻狗在石面上團團亂轉。從牠們的行動來看，鄭保雲曾到過這塊大石之上，絕無疑問。

問題是在：鄭保雲到了這塊大石之後，又到什麼地方去了？何以尋人犬也無法跟蹤下去？

我想着，也在石面上來回走着，不經意間，一腳踏到了一處十分柔軟的所在，在一塊大石上面忽然有了這樣的感覺，自然怪異之至，忙提起腳來，發現石面上出現了一個腳印，而有不少石粉四下飛揚，是被我提腳的動作帶起來的。

我連忙蹲下身來察看，發現大石的中間部分，有一個直徑五十公分的凹槽，深約二十公分，在那個凹槽之中全是石粉。

那是一種什麼現象，我無法說得上來，石粉細而均勻，像是精心打磨出來的。這時，其餘人也奔上了山坡，牽犬的人最早到達，我站了起來：「犬隻為什麼不繼續追下去？」

那人皺着眉：「追蹤目標的氣味，在這裏突然消失了。」他說到這裏，自然而然地抬頭向上看了一眼。他的這種動作令我心中陡然一動。

鄭保雲到了這裏之後，氣味消失，最大的可能就是他經由空氣離開，所以沒有氣味留下。經由空氣離開也並不稀奇，只要一架直升機就可以達到目的。

假設鄭保雲被人擄走，擄人者早已在這裏準備了小型直升機，一到這裏，人上了直升機，尋人犬的追蹤也自然到此為止了。

可是我又向至少在兩公里之外的醫院看了一眼，又覺得自己的假設，不是十分具有成立的理由，擄人者為什麼要把直升機停得那麼遠呢？

將近兩公里的距離，可以發生很多意外，擄人不是光明正大的行為，沒有理由在行動中增添危險，小型直升機大可停在更近的地方。

僕人和費勒醫生也上了山坡，我指着那塊大石：「鄭保雲到過這裏，可能被直升機載走了。」

費勒也抬頭向上看了一下——那當然一點作用也沒有，這時絕不會有一架直升機在頭上，可是那是人聽見這樣說法之後的自然反應。

他神情極疑惑：「是……一宗綁架案？」

我也想到了這一點，心中真是懊喪莫名，鄭保雲向我發出了求救信號，我卻以為那是遊戲，而結果，在我的身邊，視線可及之處發生意外，這實在可以說是奇恥大辱。

我正感到懊喪之餘，重重地頓了一下腳，使得那圓形凹槽中的石粉，又揚起了不少來。

費勒這時也注意到了，他「咦」地一聲：「奇怪，誰在這裏鑽了一個大洞？」

費勒的形容相當貼切，那個凹槽的確像是一個極巨大的鑽頭弄出來的，因為石粉還都留着，我吸了一口氣：「你的意思是，這……圓孔……」

費勒不等我說完：「本來沒有的，這塊大石，石面平整，視野又廣，我們野餐時，總在石頭上進行，我上過許多次了。」

聽得他那樣說，我又呆了一呆，當時並沒有說什麼，俯身抓起了一把石粉來，用手帕包了起來，費勒神情疑惑：「這說明了什麼？」

我搖頭：「不知道，唉，鄭保雲早已恢復正常，他繼續裝瘋，一定是為了保護自己，想躲避什麼，他提出要見我，在見到我之後，也不敢直接表示，可知他要躲避的危機就在醫院中。」

費勒用力搖頭：「你……在指控什麼？我……我們為什麼要對他不利？」

這時，四個男僕也在，都一起搖着頭，我思緒十分紊亂：「他是大豪富，清醒之後，可以處理許多財產，或許有人不願意見到這種情形。」

費勒苦笑：「那和我們有什麼關連？」

當然，費勒和僕人，有可能受了收買，可是，鄭保雲又如何發現危機的？他為什麼在清醒之後，一點表示都沒有？他不可能一清醒就立即發現自己處境危險的。

我發覺這個假設，又不能成立——似乎每一個假設都不能成立，表面上看來相當平淡的一樁事，深一層想，變得複雜之至。

我也不由自主搖着頭：「看來，只好交給警方去處理了。」

費勒立時同意：「對啊，已經超出了醫院所能處理的範圍了。」

警方的行動相當快，來了許多警員。幾個醫官詳細問着話，等到他們也沒有結論而離去時，天已大亮，我卻沒有睡意，要費勒醫生把近三個月來，對鄭保雲檢查的記錄全找出來，仔細看了一遍。

記錄幾乎一成不變，只有在鄭保雲提出了要見我之後，才變得複雜，有六個專家進行過會診，可是卻沒有結論，沒有人認為病人已經康復。

可是我卻可以肯定，鄭保雲提出要見我的時候，一定早已不再是瘋子。

又逗留了三天，在警方的全力追查之下，並無鄭保雲的消息。成了瘋子的大富豪離奇失蹤，成了報章上的大新聞，連帶我也成了新聞人物，不過在提到我的時候，不是很客氣，説我是「神秘男子」，「該神秘男子自稱病者曾向他求助」、「該神秘男子在失蹤現場」等等，看得我更是氣悶萬分。

在這兩天之中，我從各方面調查鄭保雲的下落，和白素通了電話，也請小郭替我介紹在菲律賓的最佳私家偵探，因為我對當地警方的調查工作，沒有什麼信心。

一共有三個精明能幹的私家偵探，在聽我講述了經過和做了實地調查之後，都和我的推論一樣，認為鄭保雲被直升機載走。

可是，直升機又上哪兒去了呢？沒有一個人見到，像是消失在空氣之中了。

我又和保管鄭保雲財產的律師行聯絡過，若是有人要動用鄭保雲的財產，立即通知我，可是三天之後，並沒有任何迹象表示鄭保雲的財產曾被動用。

儘管我感到我有責任繼續追查下去，可是實在一點頭緒都沒有，真不知如何着手才好。我過去遇到過許許多多的「疑難雜症」，但總有點可以着手之處，不像這一次，根本無從着手。而我又不能回去，因為鄭保雲曾向我求助，由於我的處理不當，才出了事。我仍然住在那棟房子中，費勒和傭僕也全都在，經過幾天來的觀察，我可以相信他們都和鄭保雲的失蹤無關。

那小布片也經過化驗，確然是從病者白袍上扯下來的，而那個求助的字，證明是用血寫成，鄭保雲不知用什麼方法，使自己的血流出來，寫成了求救的布片，交在我的手中，而我……

一想到這一點，我更不是滋味。方法幾乎全都用盡了，自然，在一切調查過程中，我半句也沒有透露過鄭保雲離奇的「身世」，這是他的大秘密。

鄭保雲的失蹤已經夠離奇，我也想到過，可能就和他的「身世」有關，是不是有人知道了他的秘密，所以把他擄走？星際混血兒，當然是研究的好對象，鄭保雲在沒有發瘋之前，就十分害怕這一點，害怕被人一寸一寸割開來作研究。

到了第三天晚上，已接近午夜時分了，我仍然在那塊大石上，在這三天中下了一場大雨，也有過短暫的強風，大石凹槽中的石粉早已不見，單是一個凹槽在，我曾把石粉拿去化驗，結果是：石粉經過高溫形成。

高溫能把石頭變成粉末。聽來有點匪夷所思，但如果溫度超過攝氏兩千度，就會有這種情形發生。而有什麼能在這山坡上產生那樣的高溫，我也想不出來。

夜已很深，我心情焦躁不安，也沒有睡意，坐在大石上生悶氣，望向醫院方面，看到有一個人，正急速地向山坡走過來，當他走近時，我看出是費勒醫生，他像是有事來找我，走得很急，不一會，就喘着氣，上了山坡。

我看到他的神情十分疑惑，可是又只是望着我，並不開口。

我作了一個手勢：「有什麼新發現？」

費勒用力眨了眨眼睛：「那布片上的……用血寫成的那個字。」

我不明白他的意思，望着他，他道：「我想進一步弄清楚，那是不是鄭保雲的血。」

我悶哼了一聲：「我看，他沒有機會弄到別人的血。」

費勒吸了一口氣：「證實一下，總是好的。」

我不是很感興趣：「化驗一下血型就可以了，鄭保雲的血型是——」

費勒道：「AB型。」

我揚了揚眉：「難道布片上的血不是AB型？」

費勒抿着嘴，像是不知道該如何啟齒才好，我大是起疑，追問着：「不是他的血？」

費勒又吸了一口氣：「怪異之極，布片上的血，根本不屬於任何類型，連最稀有的P、MN、RH等等都不是，他的血型，在人類的醫學史上，竟然沒有記錄，根本無從分類。」

費勒一口氣説着，在星月微光之下，他的神情看來怪異莫名。

我聽到這裏，也不禁目瞪口呆。

鄭保雲的血型是AB型的記錄，那可能是假的，但更可能是真的，因為他一直不知道自己是外星混血兒，自然也不會在驗血時故意隱瞞什麼。

但如今，他的血型無法分類。

正由於這樣，我可以肯定布片上的血是屬於鄭保雲，別人的血不會那麼怪，只有外星混血兒的血，才會那麼古怪。

那說明了什麼？說明鄭保雲在出世之後，直到他成為瘋子之前，他的一切發育都和地球人一樣，他血液中的紅細胞，含有ＡＢ凝集原。

可是，他身體機能的構造，一定在漸漸發生變化，這種變化，可能是在他成了瘋子的那些年月中逐漸形成。他的外形看來沒有怎麼變，可是至少，血液已經變了，變得不知是什麼血型。

是不是他的骨骼結構也在改變？像他的父親一樣，肋骨變成了板狀？腹腔也長出了骨骼來？

還有一樣變化，當時未曾留意，現在一想起來，極堪注意：他的氣力變得十分大，一拳可以打斷人的肋骨，尋常人不會有那麼大的氣力，這是不是外星人的特徵？

剎那之間，我思緒紊亂之極，費勒問：「為什麼會那樣？」

我嚥了一口口水：「這……會不會是……血早乾了，所以化驗不出來？」

我的問題自然十分幼稚，費勒立時搖頭，我只好道：「只是血型無法分類？別的沒有什麼異樣？細胞……都正常？」

費勒凝視着我：「你是早知道他有異於常人？」

我吃了一驚：「真有不同之處？」

費勒點了點頭：「是，紅白血球的比例完全不對，白血球多得驚人，普通人在這種情形下，早已無法生存。」

我又想起，鄭保雲的父親一生之中，只生過一次病，那自然是由於血液中白血球多，消滅細菌的功能也強的緣故。

這也是外星人的特徵。

那也就是說，鄭保雲這個半外星人，發育過程分兩階段，第一個階段，大約三十歲之前，完全像地球人，自此之後，逐漸向外星人接近，最後，他會不會變得完全和外星人一樣？

我心中雜亂無章地想着，費勒的神情變得十分神秘，他靠近我，壓低了聲音：「衛先生，自從鄭先生提出要見你之後，我蒐集了你不少資料。」

我隨口應着：「那並不是秘密，我的經歷，再公開也沒有。」

費勒的樣子更神秘：「告訴我，鄭保雲，他……你早知他是外星人。」

他竟然直接地這樣提了出來，着實令我震動了一下，我不知如何回答才好，而我的神態，自然等於已經回答了一樣。

費勒發出了「啊」地一下驚呼聲：「他是外星人。外星人也會成為瘋子？天！我替他作過那麼多次檢查，竟然沒有發現，他為什麼清醒了之後還裝着發瘋，他為什麼……」

接下來，費勒足足問了十七、八個「為什麼」，我不得不大聲喝阻他：「鄭保雲不是外星人。」

費勒睜大了眼睛，「啊」了一聲，不知道說什麼才好，揮着手，我又一次說：「他不是外星人，他的情形，十分複雜。」

費勒又呆了半晌，神情有些疑惑，但更多的是失望：「他不是外星人……那我想到的……對他神秘失蹤的解釋……當然也不成立了。」

我心中一動，這幾天來和費勒相處，可以知道他很靈活機警，他對鄭保雲的失蹤，有什麼推論？是外星人又怎樣？鄭保雲至少是半個外星人。

我問：「你想到的解釋是什麼？」

費勒指着大石：「他回去了，一艘宇宙飛船停在這裏接載他，他上了宇宙飛船，回他自己的星球去了。」

我直了直身子，費勒的推論，再簡單也沒有，我立時向大石中間的那個凹槽看去。想起了高溫把石頭化成粉末的化驗結果。而宇宙飛船在起飛或降落時，噴出高溫的火焰，不是電影中常見的鏡頭嗎？

可是，費勒的推論，卻也難以成立——這件事，到目前為止，簡直沒有一個推論可以成立。

我搖着頭：「如果他回去，為什麼要向我求助？」

費勒說不出話來，遲疑着：「會不會……另一種外星人要對他不利？」

我嘆了一聲：「星際大戰選擇瘋人院作戰場？」

費勒自己也覺得不對勁，搔着頭：「他不是外星人，為什麼他的血型那麼怪？」

我考慮了一下，才道：「這是他的一個大秘密，他極有可能是外星混血兒，他就是因為這個原因，才變成了瘋子。」

費勒驚訝得張大了口合不攏來，又不住眨着眼，過了半晌，才由衷地讚嘆：「衛先生，認識你真好，果然有那麼多稀奇古怪的事。」

我有點啼笑皆非：「什麼好，人都不見了。」

費勒舐着嘴唇，一副心急想知道詳情的樣子，但又不好意思催我說出來。

反正長夜漫漫，我也睡不着，心情又煩躁，所以我和他一起在大石上坐下來，將我認識鄭保雲的經過告訴了他。

費勒聽得津津有味，嘖嘖稱奇，在我提到曾向一位替鄭天祿診治的醫生求證，那醫生的名字是費格時……

第四部

# 唯一可以成立的假設

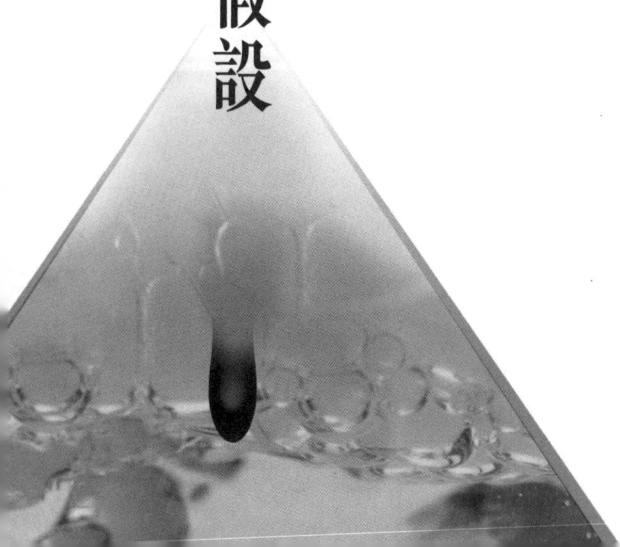

費勒更是興奮：「費格醫生是我的叔祖，真太巧了，原來我們家族也早和外星人有過接觸。」

我笑：「這算是什麼接觸。」

費勒又十分沮喪：「可惜他和我一樣，沒有把握好好研究的機會，我更是，唉，一年多，每天和他在一起，唉。」他唉聲嘆氣了一會，又道：「鄭天祿是著名的豪富，關於他的傳說極多，有的已被渲染成了神話，都說他有預測的能力，那自然是外星人特殊的能力之一。」

我神情嚴肅：「這是極度的秘密，不要隨便對人說。」

費勒答應着：「不會，不會。」他想了片刻，又道：「知道了鄭保雲發瘋的背景，他最近的行為，倒不太難解釋。」

我望着他，他頓了一頓：「他由於自己的身分而發瘋，內心深處，一直怕被人知道他身世的秘密，這種恐懼，已成了他思想中牢不可破的一種潛意識。」

我知道他想說什麼，皺着眉，不出聲，果然他續道：「潛意識在某種情形下表面化——那不是說他痊癒了，只是起了某種變化，他就感到自己身在險境，要向人求助，行事神秘……」

不等他講究，我就道：「那是瘋子的遊戲？」

費勒點頭：「可以這樣說。」

我嘆了一聲：「我正是由於作了這樣的推測，才出了事的。事實是，他真的失蹤了，就在這塊大石上，他突然消失，那和他的潛意識表面意識無關。」

費勒被我說得啞口無言，他來回走了幾步，跳上了那塊大石，把雙足踏進了那個凹槽之中，抬頭向天，自言自語：「他是半個外星人，有外星人血統，就算他自己不肯承認，不想回去——」

他說到這裏，向我望來，神情有點不好意思，顯然是由於他將要說出的話，是他的「大膽假設」：「……是不是他的血緣親人……一定要把他弄回去？」

費勒的這個假設，乍一聽，十分有趣之外，也相當滑稽，聽起來有點像一種十分殘舊的故事，一個大家族的成員，在外面有了一個私生子，大家族要私生子歸宗，納入家族的軌道之中，而私生子生性不羈，不肯屈服……那是倫理文藝悲喜劇，是電視肥皂劇的上佳主題，費勒竟把這種老套的故事，放在鄭保雲的身上。

可是當我想笑而未曾笑出來時，我迅速地想了一遍：到目前為止，也真唯有這個假設可以成立。

這個假設可以解釋為什麼鄭保雲痊癒了仍然裝瘋，可以解釋他何以要求救——因為外星人要強迫他回去；也可以解釋他何以會神秘失蹤——給外星人擄走了；更可以解釋他為什麼要見我——他不願離開地球。

甚至可以進一步地推測：他本來是一個毫無希望的瘋子，忽然痊癒了，根本是外星人治癒他的。

外星人一直在尋找有他們一半血統的鄭保雲，至於用什麼方法找到了他，我自然不知道，想來總有辦法的。例如有外星血統的鄭保雲腦電波的發射法，和地球人大不相同之類。

一想到了這一點，我不禁有豁然貫通之感，連日來的鬱悶，大大消解，哈哈一笑，用力在費勒的肩頭上，拍了一下：「你想得對。」

費勒由於自己的假設太大膽，所以一時之間不能肯定我是真的在讚美他還是諷刺他，只是用一種相當奇怪的神情望定了我。

我把我所想到的提出來和他商議，他這才知道他的「胡思亂想」，竟大是有用，高興得手舞足蹈，我們商量了一會，都覺得這個假設可以成立。

我道：「根據這個假設，外星人和鄭保雲，一定曾有過多次接觸，你和他住在一個屋子中，難道一點也未曾覺察什麼異狀？」

或許是由於我的神情充滿了疑惑，費勒急忙分辯：「別像看外星人一樣看我。我……沒有覺察到什麼，我是地球人，看，我肚子是軟的。」

他說着，竟用力按自己的肚子，以證明他是一個不折不扣的地球人，我給他的動作逗得笑了起來，這年輕人又有智慧，又大具幽默感。

我笑着問：「那四個男僕和那女傭——」

費勒搖頭：「也不會有問題，他們全在醫院工作很久了。我的推測是，鄭保雲的……本家……」

我搖了搖頭，表示他用了「本家」這樣的名詞，不是十分妥當，他忙更正：「他的……同族？」

我仍然覺得不是很妥當，所以又搖着頭。費勒大是躊躇，想了一想：「他的血親？」

我嘆了一聲：「他只有一半血統屬於外星。」

費勒反對：「可是他第二階段的身體變化，和地球人的距離愈來愈遠，外星血統的遺傳因子，以強勢壓倒了地球血統的遺傳因子。就像一半黑人血統一半白人血統的混血者，必然像黑人多於像白人一樣。」

我側着頭：「別忘記我們的解釋是他不願意跟他的……族人回去。」

費勒道：「自然，他是在地球上長大的，對地球總有幾分依戀。」我和費勒這時在討論的事，若是在不明情由的人聽來，當真是無稽荒唐之極，可是我們卻討論得十分認真。費勒又有了新的見解：「他的族人在和他聯絡時，可能採用直接的思想交流法，根本不必有人現身，我自然也無法覺察任何異狀。」

這倒也不是沒有可能，鄭保雲一定有族人（我們兩人同意了用「族人」這個名詞），當鄭老太懷孕時，鄭天祿就曾說過「他們想不到」，「他們」，自然是指鄭天祿的同類而言。

就當時的情形看，鄭天祿也沒有十足的把握，可以和地球人結合而生育。

夜已很深，身上有點濕冷的感覺，那是接近凌晨，露水快要凝結的現象，我向滿佈繁星的天空看了一眼，聲音有點黯然：「我們的假設若接近事實，那麼，這樁事已告一段落了。」

費勒卻一副摩拳擦掌，不肯就此甘休的神情：「為什麼？不把他救回來？」

我向茫茫蒼穹指了一下：「你知道他在哪裏？怎麼去救他？」

費勒搖頭：「不行，那不是他自己的意願——」

我打斷了他的話頭：「開始時可能不是，但是我相信，不必多久，他血統的遺傳會發作，他會很樂意和他的族人生活在另一個星球——他血統所屬的那個星球上，我們又何必多事？」

費勒還不是十分同意，可是卻又想不出什麼反駁的理由來，只好眨着眼不出聲，過了一會，他才躍出了那個凹槽：「這個……是宇宙飛船留下來的？」

我只好道：「很有可能。」

費勒苦笑了一下：「有可能，很有可能，什麼都不能肯定，都是『很有可能』。」

我大聲道：「對，都只是可能。連鄭天祿是外星人，也只是有可能，不是百分之百確定。」

費勒咕噥着：「其實……也等於肯定了。」

我笑了笑，不置可否。當然我也這樣想，可是始終沒有確鑿的證據。

我自然也不想這件事就此了結，還想尋根究柢，想再見鄭保雲，接觸他的心態，在他口中了解鄭天祿的來歷和那本小簿子中記載着什麼，等等。

可是，鄭保雲的失蹤，看來十之八九是他族人的傑作，我也推測鄭保雲一定會適應外星生活，不必再追究下去，自然只好放棄了。

天色開始放明時，我和費勒緩步走回去，我想不到和他一夕的坦誠談話，收穫如此之多，費勒也顯得十分興奮。

當我們走進那屋子時，他忽然問：「會不會……有很多有外星血統的人，混在地球人中生活了？」

我緩緩搖頭：「難說，實際上，連外星人混在我們中生活也大有可能，像鄭天祿就是，不容易被人發覺，畢竟不是見人就可以去按人家肚子的。」

費勒現出十分古怪的神情，向我望了一眼，我知道他心中在想什麼，怒道：「我是肚子上沒有骨頭的外星人，別以為所有外星人都和鄭天祿一樣。」

費勒忙道：「別見怪，你……古怪遭遇多，難免叫人懷疑。」

我苦笑了一下：「就算有許多人有外星血統，又何必歧視？就把他們當作地球人好了。」

費勒嘆了一聲：「怕只怕血統會影響思想，影響遺傳。移民到了外地的中國人，不是隔上三五七代，總還自稱是中國人嗎？」

我對這個問題，也無法作進一步的闡釋，只好苦笑了一下。費勒道：「鄭保雲若是夠意思，應該把他現在的處境，設法通知我們一下。」

我聳了聳肩，費勒的這個願望，自然異想天開，這時，我們已上了樓，鄭保雲失蹤之後，四個男僕調回鄭家老宅，只有一個女傭，自然還沒有起身。我們在病房前分手，各自準備回房。

我已打定主意，略微休息一下，就啟程回家。在病房門前，想起幾天前，我曾在房門上敲打電報密碼，白白錯過了一個和鄭保雲交談的大好機會，不禁嘆了一聲，在門上重重敲了一拳。

費勒醫生笑了一下：「別難過，誰都會犯錯的，你——」他一句話沒說完，就陡然住了口。

剎那之間，我也呆住了。

因為就在這時，門上又傳來「砰」地一聲響。

那一下聲響，顯然是在門內，也有人和我一樣，用拳頭在門上敲了一下所發出來的。

病房中有人。

病房中會是什麼人？鄭保雲？或是其他人？世事盡多意外，可是意外到了這一地步的還不多見。

一時之間，我和費勒互望着，竟不知如何才好，過了好一會，我才出得了聲，聲音十分乾澀：「什麼人？什麼人在房間裏？」

叫了一聲之後，我已鎮定了許多，一面喝問，一面已伸手去推門，可是一推之下，門卻鎖着。我立時向費勒望去，費勒也呆了一呆，在如今這樣的情形之下，我們自然沒有心思去追究門是誰鎖上的，鄭保雲失蹤了好幾天，屋中一切都十分混亂，誰把門鎖上都不是什麼重要的事，先要弄清楚誰在房間中！

費勒畢竟住在這屋中久了，而且，他平時觀察病房的習慣也和我不同，這時，他踏前一步，來到了門的小窗子之前，按下了一個鈕，拉開了窗子，向內看去，他平時觀察病人，就這樣進行。

當他那樣做的時候，他的頭部遮住了小窗子，所以我便看不清病房中的情形，我只看到，當費勒貼着窗子向內看去時，他的身子陡然震動了一下，接着，他突然有了一個十分怪異的動作，雙手揚起，向門上抓去，看起來，像是他的身子要跌倒，在跌倒之前，想抓到一些什麼可以扶持的東西。

我一見這種情形，忙道：「怎麼了？」

說着，我已準備去扶他，可是卻已經退了一步，門上十分光滑，沒有什麼東西可以供他抓住的，他十指在光滑的門上爬搔着，迅速縮成了拳，身子一晃，竟然直挺挺地向後便倒。

我剛好來到他的身後，他身子一側，我雙手伸出，兜住了他的脅下，令他不至於倒地。我只覺得他身子僵硬之極，臉上神情怪異莫名，雙眼向上翻，本來很有神采的眼睛，竟翻白得看不見眼珠，那是一種嚴重的痙攣現象，他頸部以上的肌肉，如果處在這種肌肉痙攣現象中久了，極可能窒息死亡。

在那一剎間，我也不禁有點手忙腳亂，一面拍打着他的頸部，一面在他的頭頂輕輕彈出了一指。

在那種情形下，適度地刺激他頭部的主要穴道，大有作用。他本來幾乎已經閉過氣去，經我拍、彈之後，有了急促的氣息，可是口角仍然有白沫湧出來。

像這種突如其來的痙攣，一般來說，只有癲癇症的患者才會發生，費勒這時的情形，也有點相仿。

不過我卻知道，就算他突然癲癇病發作，一定也是受了極度的驚恐或刺激所致，那極度的驚恐和刺激，自然是來自病房之中。

我仍然扶着他，但是我卻已可以從門上的那個小窗子中，看到病房中的情形了，我也有了心理準備，因為費勒既然在一看之下就嚇成了那樣，房中就可能有極其可怕的東西在。

但是我一看之下，卻呆了一呆，房中空無一人。

從那小窗看進去，房間每一個角度的情形，都可以看得清清楚楚，空無一人就是空無一人。

那麼費勒怕的是什麼？剛才門上「蓬」地一下響，又是誰發出來的？

這時，費勒的情形還十分不妙，他有了急促的氣息，可是口角白沫更甚，眼睛也仍然翻着，昏厥的程度，十分令人擔憂。

我一面大聲叫着，希望能叫醒那女傭，一面抬腳向門上便踢，用力踢了兩腳，已將門踹了開來，我拖着費勒進去，放在牀墊上，迅速地在整個病房中轉了一轉，肯定沒有人，再去看費勒醫生時，情形仍然沒有多大的改善。

費勒醫生的情形，一直到三天之後，仍然沒有改善，這真正是絕對想不到的意外。

而在那三天之中，又不知發生了多少古怪的事，現在我要將之記述出來，也一樁樁一件件，不知從哪樁哪件開始記述才好，當時的混亂，可想而知，回想起來，竟有不知是怎麼過來之感。

在我大聲叫嚷之下，女傭睡眼惺忪走上樓梯，我指着費勒醫生，叫道：「快，快到醫院去叫醫生，費勒醫生出事了。」

那女傭向費勒看了一眼，神色變得驚惶之極，失聲叫道：「他……遇見鬼魂邪靈了！」

我也懶得去責斥她，揮手令她快照吩咐去做，她踉蹌奔下樓梯，幾乎沒滾跌下去。我蹲下身，捧起了費勒的頭，想令他清醒過來。

努力了片刻，沒有效果。醫院大樓方面，已有人奔了過來，奔在最前面的一個像是醫生，可是還有另外好幾個人跟在後面，那幾個人衝進了屋子，其中有一個是原來屋子中的男僕，有一個老者，頭頂光禿，聲音洪亮，那醫生問着「發生了什麼事」，男傭叫着「衛先生」，那老者聲壓眾人，也叫着我，卻又嚷着：「你來了正好，宅子裏鬧鬼。」

我已經説過，那時一切發生的事，混亂之極，我先迎住了那醫生，向病房指了指，讓醫生去照顧費勒。那老者也來到了我的身前，由於奔得太急，大口喘着氣，一面還漲紅了臉責怪我：「你也是，來了，怎麼不告訴我一下，唉，我只知道阿保失蹤，不知道你來了，不識字，少看報紙，唉，一天到晚關在老宅子裏，也不問外面的事；要不是他説起，真還不知道你來了。」

他説着，伸手指了指那個男僕。

雖然亂成了一團，可是這個大叫大嚷、講話囉嗦而沒有條理的老者，是什麼來路，還是必須交代一下，不然，更加無頭無腦。

老者姓陳，是鄭老太的一個不知什麼的遠房親戚，排起輩分來是同輩，所以他儼然以「舅舅」自稱，身分算是鄭家大宅的總管。

我和他認識，是在鄭保雲進了醫院，受委託處理鄭家財產的時候，鄭老太要保持舊宅，自然照她的意思辦理，舊宅的管家就是「三舅公」，他在我面前很客氣，一直自稱陳三。陳三忠心耿耿，一直把老大的一所宅子，管理得十分有條理，鄭老太死了之後，他等於已是那大宅子的主人，但仍然日日到主屋去監視打掃，以便小主人一出醫院，就可以回家去。如今鄭保雲也出了事，對他來說，自然又多了一重打擊，所以看到了我，就如同看到了親人一樣的親切。

可是他說的話，實在沒有條理，一把捉住了我的手，現出極度駭然的神色來：「衛先生，宅子裏一連幾天，都在鬧鬼——」

他說着，我正想甩開他的手不去理他，醫院有兩個員工抬着擔架，已把費勒抬了出來，那醫生跟在旁邊，神情憂慮。

我自然忙着去看顧費勒，比聽陳三講鬼故事重要，誰知道陳三一看到擔架上的費勒，便大呼小叫，叫了起來：「見鬼了，這裏也鬧鬼？見了鬼的人，都被嚇成這樣子，一直不醒。」

那醫生狠狠地瞪着陳三，陳三也不理會，我本來被他弄得心煩不已，也想大聲斥責他，叫他閉嘴，可是一轉念間，心中陡然一動，想起那女傭在見了費勒之後，也說他是見了鬼，難道本地傳說被鬼驚嚇了的，全是這個樣子？

我忙問了一句，陳三卻道：「也不一定，不過恰好宅子裏一個見鬼的僕人，嚇成了這樣子。」

我思緒十分紊亂，陳三又道：「衛先生，你要不要到舊宅來……看看？」

我沒好氣：「看什麼，我又不會捉鬼！」

陳三的態度變得十分詭秘：「嗯……我……情形有點怪……好像是老爺……，或許是少爺……回來了……」

我陡然愣了一愣，想問他詳細情形，一個護士急急走來：「請你過去一下，醫生有話要問你。」

我知道那是為了費勒的事，所以我指着陳三：「你在這裏等我，你最好在樓下等，別亂走，這屋子有點古怪。」

陳三被我嚇得臉色發白，雖然口中說着「大白天，不怕吧」，可是早已縮頭縮腦，向樓下走去。

我跟着護士，來到了醫院大樓的急診室外，有好幾個醫生在，急診室門打開，一個醫生走出來，除下口罩，神情難過地搖着頭，向我望來：「你是和他在一起的，發生了什麼事？出事時是清晨，你們沒睡覺？」

我耐着性子道：「我們討論一些事，一直討論到天亮。費勒的情形怎麼樣？」

那醫生喉核上下移動着，聲音聽來乾澀：「他受了極度的驚恐，曾有短暫時間的窒息，腦部受損程度如何，還待進一步檢查，現在情形十分壞，瞳孔對光線的反應都消失了！」

我只感到手腳冰涼，一個老醫生走過來：「他……你們看到或是遇到了什麼？」

我吸了一口氣，把當時的情形簡單地敍述了一下，當然沒有說什麼來龍去脈。那幾個醫生互望着，實在不必再商議什麼，就可以知道，費勒必然是在向病房張望一下之際，看到了什麼駭人之極的異象，才會變成這樣子的，問題是：他看到了什麼？

我向小窗子看去，離他看進去的時間，不會超過半分鐘，我什麼也看不到，他又能看到什麼呢？然而，他又必然曾看到什麼，因為門上傳來的那一下聲響。我也聽到，絕無虛幻。

我的聲音也極其乾澀：「像他那樣的情形——」

老醫生嘆息着：「腦部受刺激最難說情形會怎樣，一秒鐘之前還是沒有希望的瘋子，一秒鐘之後可以和常人無異。」

我緩緩吸了一口氣，這樣的情形，在我身上發生過，我自然可以知道那是實在的情形。那次，我在海底的一艘「沉船」之中，遭到了一個人的襲擊，極度的怪誕、不可思議加上驚恐，使我成為瘋子。

另一個醫生也感嘆道：「費勒是好青年，我們會盡力而為。」

# 第五部

# 「鬧鬼」的啟示

我苦笑了一下，那醫生自然是在安慰我，要是「盡力而為」一定有用，那倒好了，在整件事中，不可測的因素太多，就算「盡力而為」真有用，力也不知從何盡起才好。我和費勒幾天來茫無頭緒，好不容易一夜長談，總算作出了一個可以成立的假設——僅僅是一個「可以成立的假設」而已——事情就又發生了這樣非常的變故。

老實說，別說我這時思緒紊亂之極，無法想得出費勒在打開小窗子向病房一看之後，看到了什麼，把他嚇成了這樣子，就算給我靜下來，慢慢去設想，也未必設想得出來。

（真的，費勒在那一剎間，看到了什麼呢？）

我只是帶着苦澀的神情，搖着頭和醫生們約定，等費勒接受了初步的治療之後，再來看他。如今這樣的情形下，除了把費勒交託給那些醫生——他自己以前的同事，實在也沒有別的辦法可想。

離開了醫院大樓，我又回到了那棟洋房，不過幾百公尺的路程，可是走來只覺得疲累無比，尤其是陽光灼烈刺目，有說不出來的不舒服。

進了洋房，陳三立時站起，我焦躁地揮着手：「長話短說，剛才你說到——」

剛才陳三說到鄭家大宅中鬧鬼，鬼魂「不知是老爺的還是少爺的」，他口中的「老爺」當然是鄭天祿，「少爺」是鄭保雲。鄭保雲只是失蹤，還沒有死，怎麼會有他的鬼魂出現？

（鬼魂出現究竟是怎麼樣的一種現象，人類所知極微。但一般來說，總是人死了之後，才會有鬼魂出現。但是，也絕不是沒有活人靈魂出竅的現象，總之，十分複雜，我這時的反應，是根據「普通情況」作出，認為鄭保雲若沒死，就不會有他的鬼魂出現。）

我又用力揮着手：「阿保少爺沒有死，他只不過失蹤，你說他鬼魂在舊宅裏鬧，這不是胡說八道麼？」

陳三受了我的指責，漲紅了臉，吞了幾口口水，伸長着頸，喉核上下移動，像是有一肚子的委屈，但是又不知如何為自己分辯才好。

我悶哼了一聲，心想陳三是老實人，我自己心頭煩躁，不必為難他，所以語氣放緩和了些：「你說吧，只要不太囉嗦。」

陳三忙道：「是，是，那書房……整個院子都是空置的，在院子旁的一列屋子，住着兩個人——」

他說，一面瞅着我的神情，一看到我皺眉，忙加快語詞：「那兩個人早兩晚，就聽到書房中有人走動、翻箱倒櫃的聲音，他們全是老僕人了，自然以為有人來偷東西，就起身去察看，他們看到……看到……」

由於鄭家大宅中「鬧鬼」這件事，在整個故事中有一定的重要性，也由於陳三的述，實在太囉嗦，所以他只說了一小半，我就打斷了他的話頭，不要他複述下去，而和他一起到了鄭家大宅，把那兩個首先發現「鬧鬼」的僕人之中的一個叫了來，聽他們直接說。另一個僕人，不幸已嚇得成了癡呆。

「鬧鬼」事件一共是三個晚上，首兩晚，由那兩個僕人經歷，第三天，驚動了宅子的總管陳三，陳三在第三晚也經歷了，正在不知如何是好之際，在由醫院回來的僕人口中知道我在，所以就趕到醫院來找我。至於他來到醫院時，恰好又是費勒出事的時候，亂成了一團，那倒是巧合。

先說那兩個僕人經歷鬧鬼的事。

鄭家大宅佔地極廣，主人都已不在，只有陳三，可以說是半個主人，僕傭幾乎全是從鄉下原籍來的，各種各樣的遠房親戚，個個都十分忠心。主人使用的上房全都空着，每日打掃，僕人所用的，全是原本就要給他們居住的房屋。

我所以詳細說明這一點，是因為鄭家大宅中的書房，自成一個院落（鄭老太說過，鄭天祿生前嚴格限制，不讓人輕易接近他的書房）。在大宅中是一個十分偏僻的角落，乍進大宅，若是沒有指引，很難在九曲十彎的迴廊之中找到這個院子。

院子中除了書房之外，還有好幾間房間和客廳，但是歸僕人居住的所在，則造在院子的圍牆之外。這種設計，自然是為了不讓閒雜人等接近書房。

這個院子，曾是鄭天祿生前活動的中心。所以當年，我和鄭保雲懷疑鄭天祿是外星人，要尋找證據時，曾把書房做過極其徹底的搜查。最後找到了關鍵性的物件，也是在院子的一個荷花池底的暗窖。

明白了環境之後，也可以知道，如果不是書房中傳出來的聲音實在太大，睡在院子外面的僕人，不可能被吵醒。

而當他們被吵醒之後，兩人相顧愕然，不知發生了什麼事，他們第一個想到的自然是：有人在偷東西。是以他們一面向外奔去，一面順手各自抄起了一根粗木棍，奔到了院子門前，弄明白聲響是從書房中傳出來，他們推開院子的門，看到書房所在的那一角，燈火通明，好像可以看到有人在走動，但由於花木十分繁茂，所以看不真切。

只是在感覺上，在書房中活動的人，不止一個，那些人不住發出聲響，也不知他們在做什麼，兩個僕人大着膽子，一步一步，向書房走近去。

在來到了一大簇芭蕉之旁，只要一探頭，就可以看到書房的窗子時，忽然聽得書房中傳來了一個相當洪亮的聲音大聲說了一句他們聽不懂的話。

這一句話，清清楚楚，傳入了兩個僕人的耳中，兩人雙腿發軟，身子發抖，再也無法向前邁出半步。

他們全是老僕人，從小就在大宅中，鄭天祿老爺的聲音，自然再熟悉也沒有，雖然他們全然聽不懂那句話在說什麼，而且天祿老爺死了也好多年了，可是那就是天祿老爺的聲音，這一點，他們不會弄錯。

在驚駭之餘，他們再也沒有勇氣向前走去，等到定過神來，也不管書房中發生了什麼事，驚慌之餘，他們想到的是：既然老爺在，不必下人多事，而且未曾呼喚，僕人根本不應該接近書房。

所以他們急急奔了回來，各自搶酒喝，喝得昏頭昏腦，蒙頭大睡，第二天醒來，看看書房之中，亂成了一團，像是曾遭過徹底的搜查。

兩人也不敢出聲，把凌亂的書房收拾整齊，終日提心吊膽，心中惴惴不安，一到天黑，就開始喝酒壯膽。一直到午夜時分，兩人都大有酒意，又聽見院子內有各種各樣的聲音傳來。

兩人這時藉酒壯膽，一商量，不管是鬼是神，只要和天祿老爺有關，總該去看一下。

所以，他們就挺胸直行，雖然在進了院子之後，不免你推我讓一番，但總算走近了書房的窗前。而這時，他們的酒也醒了，只覺得夜涼如水，天氣本來絕不冷（那是一個熱帶國家），可是他們卻覺得身上陣陣生寒。各種嘈雜聲自書房中傳出來，兩人幾乎又想打退堂鼓了，其中一個忽然「福至心靈」，大聲道：「你看，書房裏亮着燈，當然不會是鬼！哪裏有鬼來生事還要着亮了燈的道理？」

雖然鬼來鬧事究竟是何等模樣，能說得上來的人真還不多，但傳統的說法中，鬼和燈光，總扯不上什麼關係。

兩人膽子又大了起來，咳嗽着，自己弄點聲音出來壯膽，走向書房的窗子。膽子較大的那個走在前面，窗子內是厚厚的窗簾，透過窗簾，彷彿可以看到書房之中，人影幢幢，有着不少人，但十分恍惚，絕看不真切。

一個先來到窗前——他們不走向門口的原因，是怕老爺叱責，因為昨晚他們聽到過老爺的聲音，他們準備先在窗縫中向內窺視一下再說。

到了窗前，兩人分頭尋找隙縫，想看到書房中的情形，一個找了片刻，找不到可以看到書房中情形的所在，抬頭向另一個看去，恰好看到另一個臉貼在窗上，隔着玻璃，玻璃內垂下的窗簾，忽然掀起了小小的一角。

有了那掀起的一角，足可以使另一個僕人看到書房中的情形，但由於他的臉緊靠在玻璃上，別人看不見。

（那情形，就像是費勒通過門上的小窗子看到病房中的情形，而我看不到一樣。）

也就在那一剎間，那向內看去的僕人突然一挺身，喉際發出了可怕之極的聲響，雙眼發直，身子僵硬地轉了過來，像是中了邪。在他身邊的那僕人一見，自然大吃一驚，慌亂之中，才將同伴扶住，發現那掀起的一角窗簾，重又垂了下來，他無法看到書房中的情形。

而就算那角窗簾沒有垂下，他說得很坦白，他也決計不敢去看一看。因為同伴已經在一看之下，嚇成了那樣，叫人扶住了之後，身子發顫，雙眼翻白，牙關緊咬，口角白沫亂吐。

那僕人把嚇壞了的同伴橫拖倒拽而出，一面大呼小叫，驚動了不少人，七手八腳，煮薑湯，撬開嚇昏過去的那個人的嘴巴，灌了下去，等等；陳三自然也起身，一聽說，和幾個大膽的人到書房去，書房卻已烏燈黑火，一點動靜都沒有。雖然人多，可是有一個被嚇成了這樣的人在，誰也不敢進書房去看看，只好等天亮再說。

一直到天亮，那嚇昏過去的僕人，看來不像有性命危險，可是卻醒不像醒，昏不像昏，喉際發出怪異的「咯咯」聲響，雙眼發直，情形和費勒相仿，陳三等人認定那是見鬼撞邪的結果，用了不少土法子，包括殺雞取血、燃燭焚香等等，也未有見效。

天明之後，光天化日之下，人的膽子總比較大一點，陳三糾合了五七個身強力壯的男僕，拿着粗大的棍子，走近書房，各自吆喝一聲，撞開了書房門來，只見正如那僕人所說，書房中凌亂不堪，像是遭到過徹底的搜尋。

一連兩個晚上有這樣怪事，再加上有一個人嚇得口吐白沫昏厥，那還不是鬧鬼嗎？

陳三經驗豐富，見多識廣，吩咐大量購買香燭紙錢，在書房外的院子中，燒了整整一個下午。燒得紙灰飛舞，又請了一班僧人，念經一直念到天黑——天黑之後，多半是那班僧人自己害怕，所以託辭走了。

陳三和幾個人也不敢在院中逗留，退了出來，只是虛掩了進院子的門。等到午夜過後，人人都聽到書房之中，有各種各樣的聲音傳來。

沒有人敢進去察看究竟，陳三的責任心重，在虛掩的門縫中向內張望了一下，看到書房的窗中，有燈光透出來。

同時，他聽到有人在說他聽不懂的話，聲音卻經過好幾個人證實：十足是少爺的聲音。此所以陳三不能肯定鬼魂是老爺的還是少爺的。

這時，陳三自然也知道了鄭保雲的失蹤，他想到的只是鄭保雲已遭了不測，所以才會魂兮歸來。

等到把「鬧鬼」的經過全部了解清楚，也看了看那昏厥的僕人，吩咐不必再在他身上淋黑狗血，將他送到醫院去之後，我不禁呆了半晌。

我當然不會認為那是「鬧鬼」，事情其實很簡單，一連三晚，有一些人在書房中，翻箱倒篋，在找尋着不知什麼東西。

怪異的是，這些人絕不掩飾自己行為，弄出驚人的聲響來，他們為何如此？是有所恃，恃的又是什麼？他們所恃之一，自然是他們有突然來、突然去的本領。所恃之二，是就算被人發現了，他們也不怕，看到他們的人，只看了一眼，就被嚇成那樣子。

我可以肯定那些人，一定和鄭天祿、鄭保雲父子有關係，有人曾聽到過鄭天祿的聲音，也有人聽到過鄭保雲的聲音。鄭天祿早已死了，只怕是聲音相仿，鄭保雲失蹤了，是不是正和那些人在一起呢？

那些人的樣子，或者他們的行動，一定駭人之極，我相信費勒在病房中看到的，那僕人在書房中看到的，都是駭人之極的景象，極度不可思議，不然，不會一看之下，就把人嚇成這樣子。

事情已有了一個輪廓，那些一連三天在鄭家大宅書房之中搜尋物事的人，也呼之欲出：他們一定是鄭天祿的同類，不知來自哪一個星體的外星人。

我甚至可以進一步猜想到他們的行動：他們擄走了鄭保雲，又不知道要找尋什麼，所以把鄭保雲押了回來，在書房中尋找，這便是為什麼有鄭保雲聲音的原因。

看來，鄭保雲也不知道他們要找的是什麼，並沒有找到，東西可能只有鄭天祿才知道在那裏。至於「鄭天祿的聲音」云云，自然是誤會——同一族類的外星人，極可能發聲結構類似，聲音當然聽起來也相同。

在陳三和眾多僕人注視之下，我來回踱着，不到三分鐘，已把所有的分析和設想歸納了起來，心中大是高興。

因為本來絕無頭緒，費勒「中邪」之後，更是不知道如何着手，現在居然一下子就有了那樣大幅度的躍進。這個「鬧鬼」事件，對解開整個謎有極大的作用。

我現在需要做的事，只要等在書房，等候那些人大駕光臨就可以了。

不論他們帶鄭保雲來也好，不帶他來也好，只要我和那些外星人面對面，有溝通，自然一切事情都可以水落石出。

我把我的想法對陳三提出，陳三面色煞白，神情極不自然，其餘僕人，當我向他們望去之際，也沒有一個敢和我視線接觸。我知道他們怕什麼，大聲道：「放心，天黑之後，我一個人在書房等。」

各人一聽，大大鬆了一口氣，陳三卻還要裝着關心：「衛先生，是不是要準備一些黑狗血?」

我盯着他:「不必了,你們要是害怕,可以遠遠躲開去,不論聽到什麼聲響,都不必過來看。」

陳三如奉綸音,連聲答應,我揮手趕開了他們,轉身走進了書房之中。

書房中雖然曾經略經收拾,但仍然十分淩亂,我進來之後,拽過一張椅子來坐下,心中不禁十分感慨。若干年前,我和鄭保雲,也曾把這間書房天翻地覆地搜尋過,結果是無意之中,在一個銅紙鎮中心發現了一枚鑰匙,才進一步得知秘密。

看來鄭天祿藏東西的本領相當大——一枚鑰匙藏在銅紙鎮之中,真有點別出心裁。

那些人的搜尋也相當徹底。我只是猜測他們還未曾達到目的,也希望是如此,那我才有機會和他們相見。若是他們已達到了目的,自然不會再來,那麼整件事也只好變成無頭案了。

我自然也不會把事情看得太容易,對於「那些人」,我一無所知,不知道他們的行事方式如何，也不知道他們的外形如何——他們的外形，看來不必懷疑，因為鄭天祿和地球人無異，但先後有兩個人被嚇成了這樣子，卻又令我不能不對他們的外形另行估計。

而且，鄭保雲有一半「那些人」的血統，可是他卻並不以為「那些人」對他多麼友善，要不然，他不會秘密向我求助。

「那些人」的神通極大，不但來無影去無蹤，而且從鄭保雲失蹤的例子來看，他們要擄走一個人，簡直輕而易舉，誰知道他們是不是還有別的非常本領。

我心情十分緊張。在書房中耽了一會，來到了一旁的客房中，大聲叫來了一個僕人，叫他替我準備食物和酒。沒有多久，陳三便提着一隻很大的古老竹籃走進來，籃中滿是食物，還有兩瓶好酒。

放下了竹籃，他匆匆離去，我吃了一個飽，在榻上躺了下來，準備先好好睡上一覺，到晚上，可以和「那些人」打交道。

在睡着之前，我還是想了一想，事情眉目都建立在我的設想上，只要設想得不對，事實完全不一樣，然而在當時的情形下，我又沒有別的法子可想。

昨晚一夜未睡，整個上午又在極度的混亂之中度過，十分疲倦，所以沒有多久，就睡着了，而且睡得相當沉。

我不知道睡了多久才醒，一醒過來時，首先，有一種相當清涼的感覺。這種異樣的感覺令我愣了一愣，待要睜開眼來，忽然聽得身邊有人聲傳出來，是一個相當生硬，但是聽來又耳熟的聲音：「他也不知道你們要的東西在哪裏，他怎麼知道？」

一聽得那聲音，我心中突然一動，先不睜開眼來，靜以待變。因為我認出那正是鄭保雲的聲音——聽來有點乾澀生硬的原因，是由於他喪失了說話的機能相當長期，這時才恢復不久。

在他的話之後，有一陣竊竊私議聲，講的是什麼話，我聽不懂，接着，一個聲音道：「什麼叫『你們要的東西』？是我們要的東西。」

那聲音在「你們」和「我們」這兩個詞上，特地加強了語氣。

我立時回想鄭保雲剛才的那句話，心中有點吃驚。那分明是發話的人在糾正鄭保雲的話。鄭保雲的話，不把發話的人當同類，但發話的人卻糾正了這一點。那麼，發話者的身分，就再明白不過，他是「那些人」，是鄭天祿的同類。鄭保雲有一半他們的血統，他們要把鄭保雲當自己人，而鄭保雲顯然還未曾習慣，或者是他故意在抗拒。

整段形容，聽起來像是十分複雜，但實際上，卻十分簡單。

那些人是外星人，鄭保雲的血統，一半外星，一半地球。外星人要他向外星認同，但是鄭保雲卻不想那樣做。

很簡單，可是牽涉到了外星和地球兩種血統，也可以說十分複雜。

我真想把眼睛略微睜開一些，看看那些外星人的樣子，可是一來，怕被他們發覺我醒了，二則，也略有忌憚，萬一我也被嚇呆，事情就麻煩了。

鄭保雲的聲音很不耐煩：「你們，我們，還不是一樣，要找的東西我都沒有見過，他當然不知道。」

那發話者悶哼了一聲：「不一樣，你身體裏流的血，是你父親的血，是和我們一樣的血，你的身體結構已開始變化，很快就會變得和我們完全一樣，你根本是我們的同類。」

鄭保雲的聲音聽來像是在哀求：「別提了，別提了。」接着，他急速地喘起氣來：「我……至少有一半……是地球人。」

那發話者悶哼了一聲：「地球人？落後的地球人不能給你什麼。」

鄭保雲抗辯隻：「給了我近三十年快樂的地球人的生命，給了我……」他聲音愈講愈低，終於無法再向下說去，自然是想不出一半地球人血統還給了他什麼值得誇耀的事。

聽到這裏，我也不禁暗嘆了一聲。

儘管鄭保雲這時在感情上還傾向地球人，可是，他那另一半外星人血統必然會逐步發揮其影響力，那也不能怪他，實在是地球人太不爭氣，沒有什麼可以提出來說得響的。

我聽到的對話，雖然只有寥寥幾句，但是那已經證明我和費勒的假設，幾乎完全是事實。

鄭保雲被他同族擄走，由於他不願和同族在一起，所以他才向我求助，而我估計他會逐漸適應，看來也逐漸在成為事實。

一想到這裏，我略動了一動，正待睜開眼來，忽然聽鄭保雲發出一下驚呼：「天！別睜開眼。」

# 第六部

# 當年的事全然意外

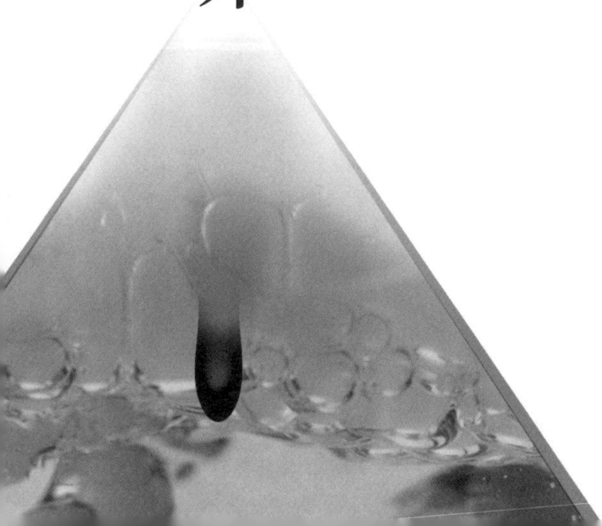

我愣了一愣，突然覺得有一隻手，掩向我的眼睛，那來得極突然，儘管我在聽到了鄭保雲的一聲驚呼之後，立時知道掩向我眼睛的手，一定是他的，而他不要我睜開眼，自然也是好意。可是在這樣突然的情形下，我還是張開了眼睛。

一隻手遮住了眼睛，睜開眼來之後，視線也只能從指縫中透出去，剎那之間，我實在不知道自己看到了什麼。

任何人，不妨都用手遮住自己的眼睛，然後再睜開眼來，從指縫中去看東西——那本來就使人看不清楚，若是看到的東西，根本不知是什麼的話，當然更難判斷那是什麼。

當時，我的情形就是這樣。

但是，雖然我說不出看到的是什麼，但總看到一些景象，形容一下那種景象，總可以的。

我看到的是若干和血一樣紅的物體，那種物體的全部形狀如何，指縫中看出去，看不完全，我看到的只是局部，我看到那種耀目鮮紅的物體，在搖晃着，略有人形，其中一個，在頂上部分還有閃亮的圓點；有一個，有同樣的鮮紅色的條狀物，正在扭曲舞動，看來詭異莫名；而有一個，在舞動的條狀物上，有一個圓形的東西，那東西……唉……那東西對我來說，倒一點也不陌生，對任何地球人來說，也絕不會陌生。

那是一個人頭，一個眼耳口鼻，七竅齊全的人頭。

可是那個人頭，卻在那條狀物之上，搖搖晃晃，不掉下來，也不長在它應該長的脖子上，不知道它有什麼目的，也不知道它想幹什麼。

而就是那個人頭，當我視線透過指縫望向它的時候，頭上面的一雙眼睛，居然也正向我望來。

（「頭上面的一雙眼睛」實在不是很有文采的語句，眼睛當然是在頭上，變成了累贅的廢話。可是那時候的情景，實在太詭異可怖，所以，當我提及那對眼睛時，無法不用那樣的語句，來表示那個人頭是如何特別。）

它目光灼灼，和我對望了極短的時間，大約不會超過十分之一秒，但是那已足夠使得我全身血液都為之凝結，整個人像是「轟」地一聲響炸了開來——那種「轟」的一聲響，是實在的感覺，我真的聽到了一聲巨響，發自我的身體之內。

另外還有一下巨喝聲，起自我的身邊，那是鄭保雲的聲音：「閉上眼！」我全身僵硬，心中極願意閉上眼，可是事實上卻無法做得到。只覺得突然之間，眼前黑了一黑，不知是什麼東西，罩了上來，使我什麼也看不到。

再接着，我又聽到了一陣難以形容的聲響，好像是有許多物體在作急速的移動。然後，覺出鄭保雲的手移開，那件衣服（我猜是）還罩在我的臉上，又過了一會，我全身從極度的麻木中，漸漸恢復了知覺，那情形一如凍僵了的肢體，在溫度適中的情形下恢復知覺。

我直到這時，才全身震動了一下。

那一下震動，本來是一透過指縫，看到可怖詭異之極的景象時，立即就應該發生，可是當時由於驚駭太甚，至於全身僵硬，竟直到現在才能震動，當時的驚駭之甚，可想而知。

也就在這時，罩在臉上的衣服被挪開，我看到，房間裏那種血紅色的物體，盡皆不見，只有鄭保雲在我的眼前，定定地看着我。

本來，神秘失蹤多日的鄭保雲，忽然在面前出現，已經足以令人訝異的了。

可是在見過剛才那種可怖的情景之後，這時別說鄭保雲出現，就算鄭天祿出現，又或者他們兩人頭上都長滿了角，我也不會覺得什麼怪異了。

我張大口，喉間不可遏制地發出一種奇異的「咯咯」聲——那是喉管（或者是氣管）由於痙攣而發出來的聲音，和青蛙求偶時發聲的原理相同。同時，我清楚地感到口角有口水在淌出來，可是由於肌肉的僵硬，無法控制。我也知道，我的眼珠必然在向上翻——這種神情，我並不陌生，在費勒被嚇得昏厥時，我就曾看見過。

我也知道，我神智清醒，身體的僵硬不過是暫時的，我不至於像費勒或是那僕人那樣。

可是這時，我的外形看來和他們無異，鄭保雲當然不知道我神志清醒，沒有被嚇昏過去，所以他神情驚駭之極，失聲道：「天，衛斯理，你看到——」

他只講了半句，我的情形已大有好轉，先是突然呼出了一口氣，他也立時住口。

呼出了一口氣之後，僵硬的下顎可以活動，雖然在活動之際，還伴着一陣痠痛，但總算已能把口閉上，不至於像白癡一樣地口角流涎，自然，要講話，還得等上一些時間。鄭保雲神色高興：「你沒有嚇昏過去。」

我努力點着頭，同時，轉動着眼珠，表示我神志清醒，只是身體的肌肉、神經，受不了極度的驚恐而呈現異常的反應，變得不聽指揮。

但不論我怎麼擠眉弄眼，我都無法向他表示我的謝意，因為若不是他伸手在我眼睛上遮了一遮，我看到的景象不是局部，而是全部的話，這時我會變成怎麼樣，實在連想也不敢想。

鄭保雲伸手在我的臉上輕拍了幾下，轉身走了開去。這時候，我實在需要有人陪在我的身邊，哪怕是像鄭保雲那樣的一半地球人也好。

可是我仍然不能說話，只是發出了一陣更響亮的「咯咯」聲。鄭保雲像是明白我的意思，向我作了一個手勢。

他急急走開去，我閉上眼睛，唯恐再有什麼異象出現，不多久，在一陣腳步聲之後，我聞到了一陣酒香，睜開眼，鄭保雲拿着一杯酒來到了我的面前，托起我的頭，把酒湊到唇前，我的口微張着，開始的時候，酒自動流進口去，等到若干酒再進口，酒精迅速地在血液中起作用之後，我才能喝下其餘的酒。

然後，又長長地吁了一口氣，清了清喉嚨，才說出了一個字來：「天。」

鄭保雲有點愁眉苦臉，退開了一步坐下：「你……還是看到了？」

我點頭，頸骨仍然僵硬：「看到了一點點。他們……他們……」

我本來想說「他們就是你的族類」的，可是立時又想起剛才看到的可怕情景，鄭保雲就在我面前，不論他體內發生了什麼變化，他外形看來和地球人無異，就算那是他的一種「變化」，也很難和我剛才看到的情形歸入一類，所以我說了一半，突然住口。

鄭保雲在我的神情上，看出了我想說而未曾說出來的是什麼，他突然尖叫起來：「你想到哪裏去了，那些怪物……當然不是我的同類，我……我和那堆怪物……一點關係也沒有。」

他氣咻咻地叫着，我不禁愕然，難道我的假設，並不是事實？

而在思緒的極度紊亂之中，我忽然又感到，他用「堆」字來稱呼，「那堆怪物」，實在再恰當也沒有，因為我看到的那種鮮紅色物體，數量頗多，真有一團團、一堆堆的感覺。

鄭保雲站了起來，跳着，揮着手，瞪着我：「看清楚，我……我雖然已經完全接受了父系血統的遺傳……」他的雙手，自然而然，交叉着護向腹部，又繼續着：「但是外形和……母系遺傳一樣，不說穿，誰也看不出來。」

他喘了幾口氣，再重複了一遍：「不說穿，誰也看不出來。」

我看出他十分關心這一點，而他突然出現，那是我撥開一切迷霧的最佳保證，我真怕他突然消失，是以連連點頭：「對，一點也看不出。」

鄭保雲望着我，頗有疑惑之色，忽然道：「既然一點也看不出，你望着我的眼光，為什麼古裏古怪？」

我忙道：「古怪嗎？沒有啊，是……因為剛才害怕，不免有點異樣。」

我急忙解釋着，鄭保雲沒有再說什麼，長嘆了一聲，雙手掩住了臉片刻，把他自書房中取來的那瓶酒打開，對着瓶口喝了一大口。

我那時已完全從極度的驚恐中恢復過來了，要發問題的話，相信講話的速度之快，每秒鐘可以達到十二個字，但是我要問的問題實在太多，一時之間，不知如何問起才好，我只是向他伸出手來：「老朋友，恭喜你從患病狀態中清醒過來。」

我已經盡量選用溫和的、避免刺激他的字眼在說話，可是他真是敏感，向我瞪了一眼：「你幹什麼？想試試我是什麼樣的怪物？我沒有什麼怪，握手就握手，誰怕你？」

他說了那一大串話之後，才伸手出來，弄得我不知是和他握手好，還是不和他握好。他卻一下子就握緊了我的手，用力搖着，然後，他神情悲哀地望着我，叫着我的名字：「衛斯理，我……想不到……父系血統的遺傳……」

鄭保雲苦笑着，鬆開了手，在自己的肚子上，用力拍打了幾下。

他拍打肚子時發出的聲音，完全是拍在堅硬物體上所發出的聲音。

他這樣子做，不禁令我感動之極。

他是外星混血兒，有着一半外星人的血統，那是他心中最忌諱的一件事，不但怕人知道，怕人提起，只怕他自己連想也不敢想，他曾因之而成為不可藥救的瘋子，現在他對於這一點，依然敏感而緊張。

可是他卻在我面前那樣做——他可以全然不必那樣做，我的好奇心再強烈，也不會白癡到去摸他的肚子。可是他卻那樣做，這表示了他對我的無比信任，表示了我在他心目中朋友的地位，表示他和我之間，絕不會再有任何秘密。

我激動得不知說什麼才好，鄭保雲望着我，又道：「變化是在不知不覺中完成的。」

我點頭：「是，你的血液也承受了父系血統的遺傳，地球人若是有你那麼多白血球，早已死了，可是在你體內，卻使你幾乎可以抵禦任何種類細菌的襲擊。」

鄭保雲看來並不為自己「高人一等」而歡喜，他揚起手來：「我們是朋友。」

我立時道：「當然是，一聽說你要見我，我立刻就來，你行事為什麼那麼神秘？」

鄭保雲長嘆一聲：「說來話長——事情，壞在費勒這個年輕醫生手裏。」

我大是訝異：「他？」

鄭保雲皺着眉：「或許不能怪他，但如果他不是自作聰明，不去找你，卻弄了三個人來假扮你，耽擱了一個月的時間，一切可能不同。」

我給他的話弄得莫名其妙，因為一切來龍去脈，我一無所知，自然也無法明白他何以這樣說。他又嘆了一聲：「我……在看了那小簿子中的記載之後……變成了瘋子，當時……」

我忙道：「是啊，當時我也在。」

自從他看了小簿子，並且吞下了那小簿子，成了瘋子之後，我便對整件事一無了解。本來千頭萬緒，不知從何說起才好，他既然肯從他父親留下的那本小簿子說起，自然再好也沒有。因為鄭天祿是不是外星人，唯有那本小簿子中的記載，才能提供確鑿的證據。

鄭保雲低下頭去一會：「衛斯理，很對不起，當時，我沒有讓你一起看小簿子所記載的內容。」

他說得十分鄭重，我為了使氣氛輕鬆些，故意道：「是啊，後來你又瘋了，這個謎鯁在我心頭，令我這些年來，食不知味，寢不安枕。」

鄭保雲笑了起來：「少胡說八道，你憑判斷，也可以知道我父親是外星人。」

我聳了聳肩，不置可否。雖然他對我表示了極度的信任，使我十分感動，但這一類敏感的話題，還是讓他自己去說的好。

鄭保雲無意識地抬頭向天上看了一眼：「他來自天龍星座的一顆四等星，天龍星座在大熊座和小熊座之間，武仙座之北，仙天座之西——」

我忙道：「不必去研究它正確的位置，那有什麼意義？」

對我來說，不論是什麼星座中的一顆什麼星，全是一樣的，所以我聽鄭保雲說得那麼詳細，就自然而然，打斷了他的話頭。

可是我卻忽視了一點。

鄭保雲以十分錯愕的神情望着我：「什麼意義？意義重大之極，我父親從那裏來，這……這……我也是那裏的人，那顆對你來說……沒有意義的星，是我的根，是我生命之源。」

他說得漸漸激動，我深深吸了一口氣：「對不起，我一時之間，未曾想到這一點。」

鄭保雲還喘了好幾口氣，才平靜了下來：「當時我成了瘋子，你一定以為我是知道了自己有一半外星血統，受不了刺激所造成的了？」

我不禁大吃一驚，這是毫無疑問之事，難道在那麼簡單的事實之中，還會有什麼曲折麼？我道：「當然是，很高興你現在……好像……似乎……並不是很在乎這一點。」

鄭保雲笑了起來：「少轉彎抹角，即使在當時，我自然緊張，雖突然知道自己有一半是外星人，都不會好受，但也決計不至於昏過去。」

我指着他，訝異莫名，說不出話。

鄭保雲道：「我父親說，最好我不知道自己身世的秘密，但是他知道那不可能——」

我加了一句：「當然，你身體結構會起變化，你遲早會知道。」

鄭保雲望了我片刻，搖着頭：「衛斯理，你這個人，多少年都不會變，最大的毛病，就是喜歡一下子就妄作結論，多年之前在船上，以為我虐待老人，現在，又在作不知所云的假設。」

聽得他這樣指責我，兩句粗話，幾乎要脫口而出。說他身體會起變化，那有什麼不對？他的身體已經起變化了，不然，肚子上怎麼會有骨頭？

鄭保雲卻還在一本正經的發表：「而你的猜測、假設，全都自以為是，似是而非，十之八九，都——」

我忍無可忍，大聲道：「你不是受刺激而成了瘋子，難道是高興過頭成了瘋子的？」

鄭保雲笑了起來：「你別生氣，我是自己選擇成為瘋子的。」

我愣了一愣，一時之間，甚至想不通他這樣說是什麼意思。鄭保雲神氣起來：「是不是？事實的真相，和猜想大不相同，那也不能怪你，你只不過特別喜歡假設，事實上，世上所有假設，都不可能符合事實。」

我氣極反笑：「好，你願意做瘋子，有什麼辦法可以說瘋就瘋？」

鄭保雲伸手直指到我的面前：「所以你就要少作假設，多聽我說。」

在那一剎間，我真有把他那隻手指一口咬斷的衝動。可是聽他說得那麼有把握，也只好忍住了氣，聽他說下去，再慢慢對付。

鄭保雲有點狡猾地笑了一下：「小簿子中，是我父親的留言，他一開始就說他是外星人，來自……天龍星座，又說再也想不到他會和一個地球女性有了孩子，雖然他在『娶妻』時經過詳細的觀察，認為我母親最可能成孕，但機會也不過千萬分之一。」

我冷冷地道：「恭喜恭喜。」

我的語氣中，自然沒有什麼敬意的成分在，鄭保雲也不在乎：「他表示，最希望我可以安安穩穩做一輩子地球人，但事實上不可能——」

我口唇掀動了一下，但沒有出聲。

鄭保雲作了一個手勢：「因為他——我父親的身分有點特別，他在他自己的星球，是一個極不受歡迎的人，他沒有說為什麼，只是說，他的同類只有極少數站在他一邊，其餘的，都會盡一切可能，在茫茫宇宙之中找尋他，找不到他，也會找他的後代，所以我想躲過去，幾乎絕無可能。」

我聽到這裏，不禁「啊」地一聲。若在平時，我一定又有了假設和猜測，會說：「所以你裝瘋，躲在瘋人院」之類的話。

可是剛才，他才那樣搶白過我，我自然不會再說什麼，只是悶哼了一聲。而在接下來的幾分鐘，我不禁臉紅，慶幸自己幸好沒有那樣說，因為事實又是我全然想像不到的，不論我作什麼假設，都與事實不符。

（是不是那真是我最大的毛病？我真的太喜歡作假設，妄作結論？）

他繼續道：「我大可以成為出類拔萃的地球人，但要對付要找尋我的外星人，我卻遠遠不如，所以我父親要我自己選擇：做為地球人，還是做為外星人。」

我先拿起酒瓶來，大口喝了三口，再問：「請你說明白一些，我聽不懂。」

鄭保雲道：「我的血統，父系是外星人，母系是地球人，一半一半。」

我用力點頭，不敢再作任何假設。鄭保雲攤手：「我可以隨便選擇，繼續完全像地球人，還是逐步轉變為外星人，身體結構，包括腦部結構的轉變。」

我仍然不明白，鄭保雲嘆了一聲：「這有點超乎你想像能力之外——」

我沒好氣：「對，我是一個毫無想像力的人，所以請你說詳細一點。」

鄭保雲用力一揮手：「小簿子中記述着可供我選擇的法子，由於腦結構的不同，如果我維持地球人的形態，在智力上永遠及不上外星人，就難以應付必然來到的外星人的搜尋。」

我睜大了眼：「方法是——」

鄭保雲點頭：「好現象，你不再胡亂作假設了——方法是，把小簿子一頁一頁撕下來吞下去。」

我怒道：「開玩笑？」

鄭保雲搖頭：「絕不是開玩笑，『紙張』不是普通的紙，是特製的一種……物質——你不懂的，吞服之後，能使我體內潛在的外星血統遺傳彰顯，改造我整個身體結構，在若干年中完全完成。在這個過程中，我腦部活動暫時停止，看來就像瘋子一樣。」

我聽得目瞪口呆。

那實在不能怪我的假設和事實不符——事實竟是如此怪誕不可思議，誰能料得中？

過了好一會，我才道：「身體結構改變完成，你也自然醒了？」

我小心翼翼問出來，唯恐又被他嘲笑。

第七部

# 「荒野的呼喚」

鄭保雲居然點了點頭，我不禁神氣起來，「哼」地一聲：「你已完全是外星人，照你說，外星人比地球人知識能力高不知多少，你還何必向我這個地球人求助？也怪我不知內情，居然不自量力，千里赴援。」

鄭保雲笑着：「自然有原因，最簡單的理由是：你是我的朋友，是我在地球上，在整個宇宙中唯一的朋友。」

他這兩句話，倒十分中聽，他雖然在身體結構上成了外星人，但卻沒有到過外星，自然只有我一個朋友。

我點了點頭：「當時，你想也沒多想，就作了決定？」

鄭保雲道：「當然考慮過，那是我一生之中最重大的決定。」他說到這裏，停了一停：「我在極短的時間中就有了決定，你甚至根本不知道我曾面臨那麼重大的抉擇。」

我想起了當時的情形，嘆了一聲，由衷地道：「真不容易。」

設身處地想一想，一個人，要決定選擇做地球人還是外星人，這自然是他生命中最難決定的一件事，鄭保雲在極短的時間內就有了決定，儘管有別的種種原因，但是我相信十分主要的一個原因是：他體內始終有一半外星人的血統，起着重大的作用。

這時，我沒有說出這一點來。

鄭保雲向我這個地球人解釋着：「那本小簿子中，我父親強烈暗示，我來日大難，不是地球人的智能可以應付，所以我才極不願意……有了這樣的決定，其實，我……寧願當一個地球人。」

對他這種解釋，我不禁有點啼笑皆非：「你大可不必向我解釋，我不很相信『人在江湖，身不由己』這種話。任何人，都可以隨己意做任何事，他所做的事，也都應該被視為出於他自己的意願。」

鄭保雲揮了一下手，苦笑了一下：「對，我不必向你解釋，我選擇了做外星人，並不等於背叛了地球人。」

我哈哈大笑，他口說「不必解釋」，可是還在解釋着。

我道：「別在這問題上鑽牛角尖了，把你的遭遇繼續說下去。」

鄭保雲頓了一頓：「吞下了那些『紙張』，立時發生了作用，我就什麼也不知道了。」

我又嘆了一聲：「你真開心，什麼也不知道了。你當然不知道你突然之間成了瘋子，亂到了什麼程度。令堂幾乎請遍了全世界的僧尼道士神父牧師法師巫師神打大師茅山師傅，至少有上萬人為你施過法，單是這紛亂，已經夠瞧的了。」

鄭保雲攤了攤手，表示這一切他都無法控制。

我向他作了一個手勢，示意他繼續講下去。在那一剎間，我心頭起了一種十分奇妙的感覺。

我想到，我和外星人打交道，自從藍血人方天開始，有過許多種不同的經歷。不同的經歷，自然全是由於外星人個個不同之故，但若說有一份親切感的，除了鄭保雲之外，再沒有第二個。

這是由於鄭保雲畢竟有一半是地球人的緣故？還是他的外形和地球人一樣？還是由於他意識中，根本也願意和地球人親近？

不論原因是什麼，我們是朋友，而且友情還將一直持續下去，這一點，絕無疑問。別以為我在心頭充滿了疑點之際，不應該忽然想起了這種看來無關緊要的事，在以後事情的發展中，我這時得到的這個結論，起了極大的作用。

鄭保雲自然不知道我忽然想到了什麼，他無緣無故地嘆了一聲，這時，我也開始集中精神，因為他要說到他清醒之後發生的事了。

鄭保雲又沉默了片刻，才道：「當時決定雖快，但實在曾經過劇烈的爭戰——」

我一揮手，示意他不必再提當年的事，他勉強笑了一下：「我是突然醒轉來的——當我腦部活動受抑制的那些年，身體結構的改變，逐步完成，終於大功告成，情形就像……就像……」

他難以找到恰當的形容詞，我接了口：「就像一個機器人，逐步裝配完成了。」

鄭保雲有點不同意，可是也想不出更好的形容：「可以說是，突然清醒之後，所有的記憶，一起湧了上來，我自己當然可以感到身體結構上的顯著變化，可是腦組織的變化，卻感覺不到，只覺得自己在思考問題的時候，似乎特別靈敏——」

我插言道：「你竟能忍得住不立即出院，而且還繼續裝瘋？」

鄭保雲吸了一口氣：「開始幾天，我需要適應自己的新身分，繼續在瘋人院中是最好的辦法，不會有人打擾一個瘋了很多年的瘋子，我可以靜靜地思索，幾天之後，情形有了變化。」

他說到這裏，喝了一口酒，我也喝了一大口，「有了變化」，自然是關鍵性的了。鄭保雲指着自己的頭部：「大約是在三天之後，我就感到，不斷有人在叫我，想和我聯絡，聽起來，就像是……像是……」

他又不知道如何形容才好，但這一次，我卻無法代擬，只好等他想出來。他遲疑了片刻：「有一些人，熱中於無線電通話，利用通訊設備和世界各地從來也未曾見過面的人聯絡——」

我點頭：「是，這類人被稱為『業餘無線電愛好者』，他們的通訊網，不但遍及全地球，其至有的還接收到來自外太空的信號，有的還收聽到宇宙飛船上飛行員的交談，你的情形是——」

鄭保雲道：「我的情形就像是一個業餘無線電愛好者，忽然收聽到了一種呼喚的信號，但不知信號來自何方，也不知道如何回答，只知道有人不斷地在呼叫着自己，而且，呼喚的信號一天比一天加強。」

我不禁喃喃說了一句：「荒野的呼喚。」

我這句話說得聲音極低，可是鄭保雲真的腦部活動極靈敏，他還是聽見了，剎那之間，他臉色變得難看之極，而我也不知道如何才好。

我們倆對視着，空氣也像是僵凝了一樣。

我知道我是絕不應該這樣說的，可是當時，聽到他在那樣講，所有的事，前因後果加在一起，自然而然就想到了，並且不可遏制地脫口而出。

（《荒野的呼喚》是一篇著名的小說，美國作家傑克倫敦的作品，它有一篇姐妹作：《雪虎》，小說主角是一頭有着一半狼血統的狗，在《雪虎》中，狗由野性變為馴服，但是在《荒野的呼喚》中，狗因為忍受不住荒野中狼嗥聲的引誘，而重回荒原，與狼為伍。）

（鄭保雲自然也熟悉這兩篇小說，小說中的狗有一半是狼，現實中的他，有一半是外星人。）

（我想到了《荒野的呼喚》是因為這一點，他一聽之後，反應如此之強烈，自然也是由於這一點。）

（狼的一半血統，壓過了狗的一半血統。）

（鄭保雲呢？）

過了好一會，他先開始眨眼，我也開始眨眼，然後，各自不約而同，把手中的酒杯，向對方舉了一下，尷尬僵凝的氣氛消解，大家誰也不再提，他只管繼續說下去：「開始時，真莫名其妙，可是幾天下來，豁然開朗，突然明白了，呼喚信號來自天龍星座，來自我……父親的族人……」

他講到這裏，略停了一停，有點神情勇敢地挺了挺身：「來自我的族人。」

他這樣講，表示他心理上至少已擺脫了他身分上的困擾，我連連點頭，表示支持。同時，我心中也不禁十分駭異：天龍星人，竟然有那麼大的能力，可以通過腦部活動，直接接收到信號，那顯然比地球人要進步得多。

地球人接收外來信號的方式，信號必須轉化為音波（可以聽），必須轉化為實體、文字或圖形（可以看，可以觸摸），而絕不能直接接收。

我反問了一句：「你如何回答呢？」

鄭保雲點頭：「一連幾天，我都在思索這個問題：如何回答。原來，我對於自己的新的腦部功能不了解，所以才會有這個問題。」

我更為駭異：「你……你是說……你只要腦中想回答，對方……就可以收到你回答的信號？」

鄭保雲立時點了點頭。

我吸了一口氣，這種溝通方法，自然先進無比，地球人對這種思想直接溝通法，一直心嚮往之，也有極少數人可以做到這一點，擅長「他心通」的人，如我曾見過的天池老人就是。

可是現在看來，這卻是天龍星人普遍的能力。

鄭保雲既然有這樣的能力，看來他又和「他的族人」取得了聯絡，那應該什麼問題也沒有了，又何至於要狼狽到向我求助？

我想到了這一點，用責備的目光望向他，他苦笑了一下，道：「當我知道我的回答已被接收去之際，心中驚喜交集——」

我又喃喃地道：「喜則有之，驚從何來？」

鄭保雲提高了聲音：「對於我的新身分不習慣，感到陌生，可以不？」

我又低聲道：「對不起，別介意。」

鄭保雲作出了一個不屑和我這種人多爭論的手勢：「等到我收到的信號，不止是呼叫，而是很複雜的……語言時，我才知道事情……實在複雜得超乎我的想像之外。」

我揚了揚眉，表示了自己的疑惑。

鄭保雲道：「過程的細節我不說了，總之，我不斷接到各種信號，情形就像不斷有人在身邊，各說各的，向我在說話一樣。」

我點頭表示明白，他又道：「首先聽到的是幾個人的話，我可以把他們歸於我父親的朋友……或是同黨……伙伴……」

從他遲疑的語氣中，我也感到事情真的極其複雜，超乎我的想像之外，難怪他指責我好作假設，接觸不到事實。

「我不知道有多少個，總之，他們對我講的話，表示很高興我成了同類，同時也告誡我，千萬不能亂把自己所想的一切都『發射』出去。」

「可是，他們的警告，已經太遲了，我新的腦組織，對我來說，是一個新的裝置，我不知如何控制使用，我許許多多想法，早已『發射』出去了。當然，現在我知道如何控制，自己所想的，可以給別人知道，也可以完全不給人知道。」

我屏住了氣息，想稍微壓制一下劇烈的心跳，可是卻無法做得到。我的震驚，自然是來自天龍星人這種異常的本領。

我聲音十分虛弱地問了一句：「這種……思想上的直接溝通，難道竟不受距離的限制？」

鄭保雲不經意地回答：「如果在同一個星體上，哪有什麼距離的限制。」

他是回答得不經意，我的震驚程度也愈甚，同時，我不由自主，伸手在自己的頭上打了一下，責怪我這個地球人真是又土又笨，他是外星人，「距離」

這個概念，對他來說，是星體和星體之間的差別，而對地球人來說，距離至多是亞洲和非洲之間的差別，觀念大不相同，難怪他會對這個問題不重視。

另一點使我心驚的原因是：他那樣說法，等於間接在告訴我，有他的「族人」在地球上。在這時，我感到不必對這個半外星人太傾心結交，所以我把這種吃驚藏在心中，沒有顯露出來，他看來也並未覺察。

他停了片刻，才又道：「我不清楚父親的同伴一共有多少人，他們漸漸告訴我，他們當年，離開天龍星來到地球，是由於對天龍星的背叛——我問過，他們說我不會明白那是一種什麼樣情況的背叛，總之，他們這幾個人的行為，不容於天龍星人就是了。」

我要集中精神，才能聽得懂他的話，因為他所敘述的事，複雜程度不但出乎意料之外，而且超乎我的理解程度之外。

我看到鄭保雲有憂鬱的神情，就向他分析：「令尊的行為，如果只是不容於絕大多數人，那不一定是背叛。地球人歷史上，有許多偉人都是當時不容於大多數人，如以拯救人類為己任的耶穌基督，如科學先驅哥白尼，數不勝數。」

鄭保雲對於我這個分析，滿意之極，他的愁容，顯然是由於害怕他父親有過什麼不名譽的行為而生，我的話開解了他的憂慮。因為他父親在這方面，並沒有向他說什麼，那些族人，又未曾向他詳細解釋。

他呆了一會，又道：「那幾個人說，他們的處境不是很好，一點也不敢活動，因為天龍星還在找他們，要算當年他們……背叛……離開的帳。我問他們在哪裏，他們不肯講，說還不到時候，他們又警告我，不但天龍星人會來找我，還有一個星球上的高級生物，他們稱之為『紅人』的，更會來找我，因為我父親在經過『紅人』的星球時，曾欺騙了他們，偷走了他們一件十分重要的東西，多少年來，『紅人』一直在尋找那件東西。」

鄭保雲愈說愈玄，我聽得像是整個人懸在空中，身子有飄浮之感，雙腳明明踏在實地上，卻無法令自己有實在可靠之感。

因為，聽他這樣講，似乎星際戰爭已經爆發，而地球則不幸成為戰場。

鄭保雲看出我神色有異，望向我：「聽來很無稽？」

我忙道：「不，不，我完全可以想像。那……紅人……就是我……看到的那種鮮紅色的東西？他們的樣子……不怎麼雅觀。」

鄭保雲打了一個冷戰：「什麼不怎麼雅觀，簡直可怖絕倫，我第一次看到他們的時候，差一點沒嚇昏過去，他們的……聯繫身體和頭部的部位……」

我道：「頸子。」

鄭保雲悶哼了一聲：「應該是頸子，他們的頸子又細又長，又是鮮紅色……」

我不必鄭保雲多加形容，因為我見到過，又細又長鮮紅色的條狀物的一端，是一顆人頭，那情狀之詭異，無以復加，我喘着氣：「他們的頭部，倒和……我們大同小異。」

鄭保雲吁了一口氣：「這才要命，在一個細長條狀物之上是一顆人頭，若是什麼別的奇形怪狀東西，反倒不會叫人那麼害怕。」

這倒是真的，正因為人頭是十分熟悉的東西，忽然長在那麼可怕的部位上，自然更看得人心驚肉跳。

我作了一個手勢，示意不必再去討論「紅人」的外形，請他繼續說下去。

他搓了搓手：「他們警告我，說我如今腦部活動所發射的能量，如果控制失宜，隨時會被截到，而由此知道我在什麼地方，要找我父親的人，會來找我，他們不會相信我父親已死，要在我身上找出他們要的東西來。」

我又插了一句口：「你和他們，可以直接交談？」

鄭保雲想了一想：「類似交談。」

我忙道：「你沒有乘機問一下：為什麼你父親死了三年，屍體還會動？又為何流出了一滴液體之後，屍體就迅速腐爛了？」

鄭保雲「哼」了一聲：「我要問的事太多，我父親早已死了，還問這作什麼？我花了很多時間追問父親當年的行為，但不得要領。在同時，我又收到了天龍星人的信號，我已被他們發現了，天龍星人……天龍星人……」

他重複了幾次「天龍星人」，神情很苦澀，我也不禁心頭怦怦亂跳。

天龍星人是他的族人，鄭天祿，他的父親，就是天龍星人，他在提起天龍星人之際，應該大感親切才是，何以竟會吞吞吐吐？

我自然也立即明白了其中的道理。

因為鄭天祿當年，曾有不能見容於天龍星人的行為，鄭保雲甚至使用了「背叛」這樣的字眼，假設在天龍星人的心目中鄭天祿是叛徒，那麼鄭保雲在他們心中的地位也不會好，鄭保雲不但是叛徒之子，而且還有一半地球人血統。

這種尷尬的關係，鄭保雲想和天龍星人親近，也難以實現。而這種情形，當年鄭保雲在決定選擇做天龍星人之際，只怕也沒有想到過。

我又進一步想到，鄭天祿實在非常想鄭保雲做天龍星人（希望兒子像自己，看來不單是地球人的人之常情，而且是天龍星人的人之常情）。所以他才在小簿子上，對自己曾做過些什麼含糊其詞，他是怕說得太清楚了，鄭保雲明白了日後的尷尬處境，會選擇繼續做地球人。

那時，我真有想哈哈大笑之感，因為鄭保雲在身體組織轉變為天龍星人之後，很有點不可一世之態，卻不料他處境如此尷尬。

不過我當然未曾笑出來，我多少懂得些人際關係，地球人對地球人也好，地球人對外星人也好，對半外星人也好，總有一定的準則；這時如果我大笑起來，再對大笑的原因加以解釋的話，那鄭保雲非和我翻臉不可。

鄭保雲心事重重，並沒有注意我有一剎那神情古怪，他道：「天龍星人的話毫不友善，十分兇惡，使我感到事態嚴重，幸好一時之間，不知道我在何處，因為我的腦信號不是十分熟練，也十分微弱之故。但那些話，已使我知道，萬一我被……自己族人發現的話，下場一定極其可怕。」

他說到這裏，抬頭向我望來，我同情地拍了拍他的手背，表示對他這種處境的了解。他長嘆一聲：「變了天龍星人，反倒害怕起族人來了。」

我安慰他：「你可以解釋明白，你是你，你父親是你父親。」

鄭保雲緩緩道：「也許……來自那一方面的壓力愈來愈重，我知道遲早會被發現，想來想去，只有你是我的朋友，可以幫助我，所以——」

所以他就提出來要見我。

當他提出要見我時，不但不是瘋子，而且早已變成了天龍星人，思想敏銳無比，智慧超群，那是費勒醫生做夢也想不到的事。

我低嘆了一聲，他又道：「費勒這笨蛋，卻一直以為我還是瘋子，拖了一個月，才把你找來。」

我提出了心中老大的疑惑：「你見了我，為什麼不痛痛快快告訴我一切呢？」

鄭保雲苦笑一下：「那時，紅人已經找到我了。」

我一愣：「我在病房中，沒有看到……有什麼人。」

我在這樣講的時候，聲音也不是十分肯定，因為我至少知道，「紅人」有在剎那間來去自如的本領。費勒被嚇得癡呆，自然是由於突然看到了「紅人」的緣故。

（若干時日之後，費勒清醒了，他說，當他湊向門上的小窗子向內張望時，恰好一個紅人伸長細條狀的頸，把頭也伸向小窗子，他和紅人詭異絕倫的臉相對，鼻尖幾乎碰在一起。）

（在那樣情形下，他沒有被當場嚇死，大不容易。）

鄭保雲嘆着：「紅人的本事極大，隨時可以變形，而且動作極快，他們看來身體也很大，可是卻能在極小的空隙中通過去，連他們的頭部，都……會變得和紙一樣薄。」

外星生物的形態如何，本來就難以想像。但是想像出來的形態再怪是一回事，實際上見過，又是另一回事，所以，半外星人鄭保雲說起來，也神情駭然。

我明白了：「所以你行動才這樣秘密，那求救布片，是你早準備好的？」

鄭保雲點頭：「可是你卻不了解，唉，紅人找到我已經兩天，我一直在他們面前裝瘋，他們用盡方法試探我，我都沒有露破綻，你一來，我的行動被他們發現，當時有三個紅人在病房的窗外窺視，瞞不過他們，而你又沒有立即想到救我的方法──」

我攤手：「別說那時想不到，就算想到了，我又有什麼能力？」

鄭保雲忙道：「我不是怪你，你的確沒有辦法，我裝瘋裝不下去，就被他們帶走了，帶到了他們的飛船之中，他們倒也不很兇惡，只是堅決要我交出當年被我父親拐走的東西來。」

我吸了一口氣，事情更明朗了，「紅人」向鄭保雲要「那個東西」，鄭保雲交不出來，「紅人」就帶鄭保雲來到舊宅，一連三晚，到處搜尋。這就是舊宅「鬧鬼」的由來，終於驚動了我，一直到現在，我和鄭保雲單獨相對——看來「紅人」性子相當和平，並沒有對我和鄭保雲造成什麼傷害，而且還肯悄然離去，不再繼續嚇人。

鄭保雲壓低了聲音：「他們的樣子雖然可怕，但性子卻相當和順，而且……還很笨……聽他們說，給我父親騙走的那東西，對他們來說極其重要，既然那麼重要還會給人騙走，可知他們的智力大有問題。」

我有點啼笑皆非：「那或許是由於天龍星人行騙的本領特別大？」

鄭保雲悶哼了一聲，沒有和我爭論。我又問：「那東西……究竟是什麼？」

第八部

# 奇異紅人

鄭保雲悶哼了一聲：「紅人有點鬼頭鬼腦，不肯說，只是說找到了，他們自然會知道，他們甚至想在你身上追問出那東西的下落來。」

我也悶哼了一聲，忽然想到了一點：「奇怪，他們為什麼不向你父親的同類處去找線索？我的意思是，令尊有幾個同黨在地球上，大可去找他們，比這樣亂找有用得多了。」我這樣說很合情理，可是剎那之間，鄭保雲的臉色，變得十分難看，半晌不說話，才嘆了一聲：「紅人找不到他們，天龍星人也找不到他們，我……也找不到他們。」

我對他的神態有點疑惑，他作個手勢，像是有話要說，又難以啟齒，猶豫了好一會：「我必須找到他們，不然，就不知道他們……包括我父親，做了些什麼，才構成了對天龍星的背叛。」

我深深吸了一口氣，對鄭保雲來說，這件事重要之至，若是不弄清楚這件事，他不但只有一半是天龍星人，而且還是天龍星的叛徒。

但對我來說，卻一點關係也沒有，我只是為了在地球上長期匿居着若干天龍星的叛徒而吃驚。不過想想天龍星人可以來去自如，「紅人」也可以來去自如，更不知有多少別的外星人，神不知鬼不覺地夾在地球人中間生活，或是在地球隱蔽角落中活動，似乎也不算什麼，在整個宇宙中，地球根本是一個不設防的星體，只要有本事，只要能適應地球環境，看來，任何星體上的人，都可以在地球上肆意活動。

我嘆了一聲：「那些紅人，樣子……雖然古怪，可是生性倒還和平。」

鄭保雲忙道：「不但和平，而且很好說話──」他壓低了聲音：「有點笨，我幾句話，就說得他們暫時離去，好讓我和你單獨相處。」

我揮着手：「暫時離去，那可不是辦法，他們要找那東西，一定不肯放過你。」

鄭保雲皺起了眉：「麻煩就在這裏，我實在無法和他們夾纏下去，必須盡快擺脫他們，好去找我父親的同伴。」

我望着他，他在那樣講的時候，神情顯示他已經有了擺脫紅人的辦法。

他又強調：「我必須擺脫他們，他們若是陰魂不散地纏着我，我任何行動都變成公開，因為天龍星人可以很容易通過跟蹤他們而跟蹤我。」

我「啊」地一聲：「跟蹤你，天龍星人也就可以通過你，找到叛徒。」

鄭保雲對「叛徒」這個稱呼，可能大有反感，可是他並沒有說什麼，只是神情異樣地點了點頭：「所以，我把紅人交給你來對付。」

我愣了一愣，再也想不到他會說出那樣的話。

鄭保雲這烏龜，他明知做下了對不起我的事，所以接下來，在講話的時候，目光不敢正視我，聲音也有點結結巴巴：「我……對他們說，你全然不知道那東西的下落，那是故意的……」

可憐我一直到這時候，還未曾知道已被他出賣了，應道：「何必故意說？我根本就不知道。」

鄭保雲吸了一口氣：「我在口中說着你不知道，但是腦中在想：你知道得比我多，那東西在什麼地方，只有……你才……知道。」

我仍然不明白，笑了起來：「你這不是開玩笑嗎，那東西，我——」

我只講到這裏，剎那之間，心中一亮，想起了他曾對我說過，他腦波發射的能量極強，可以給別人接收到。天龍星人能接收他的腦電波，紅人也能，那麼，他的行為，等於是在告訴紅人，只有我才知道那東西的下落。

而且，我也立即知道了他這樣做的用意，好讓紅人纏住我，他就可以擺脱紅人，去尋找他父親的同黨。

我更可以進一步肯定：自從他一清醒，知悉了一切之後，陰謀詭計便已在他心中完成，他要見我，就是陰謀的第一步。

我在極短的時間中明白了一切，剎那之間，氣血翻湧，鄭保雲在這當口，還向我偷看了一眼，多半是看到了我氣色不善（事後他説我「目露兇光」），所以他連忙站起，連連後退。

我霍然站起，用盡了全身氣力，化為憤怒萬分的聲音：「你這該死的雜種！」

他面色煞白，和我的滿面通紅恰成對比：「衛斯理，本來我還有點歉意，還準備感謝你，可是你這樣罵我，一切全扯平了。」

我知道剛才那一下怒罵，對鄭保雲來説，實在是太嚴重了一些。可是我怒意仍然在上揚，順手抄起一張椅子來，向他兜頭兜腦砸了過去，同時厲聲罵：

「誰要你感謝？你從頭到尾在利用我，你這——」

他不等我再罵出來，伸手格開了椅子，突然叫出來：「我有什麼辦法？只有你是我的朋友。」

我愣了一愣，沒有再罵下去，他急速喘着氣：「只有你，才能幫我。」

我用力一頓足，又把順手可以抓到的東西摔壞了不少，以宣泄心頭的怒意：「你可以公開對我說，不必行陰謀詭計。」

鄭保雲仍在喘氣：「你肯答應幫忙，也沒有用，我必須用計使紅人相信你才知道那東西在哪裏，不然他們不肯放過我。」

聽得鄭保雲那樣說，想起一瞥之間，那種紅人可怖的樣子，我真是渾身發抖，也不知是害怕，是憤怒，盯着鄭保雲，心中在搜尋着可有比「雜種」兩字更能傷害他的話。

他這時，已全然具有天龍星人的智慧，果然非比尋常，顯然已看穿了我的心意，雙手亂搖：「別再想什麼話來罵我，剛才……那已經太過分了。」

我苦笑了一下，冷靜了下來，立時想到切身的問題，他把我出賣給那些

「紅人」，紅人不會放過我，要在我身上逼問出「那東西」的下落來，我多少該知道如何應付他們才好。

一想到這一點，我不由自主喘着氣：「我該如何應付那堆紅色怪物？」

鄭保雲道：「隨便你，你會發現他們很好應付……比天龍星人容易對付得多——」

我悶哼了一聲：「我看宇宙生物之中，最詭秘奸詐的，就是天龍星人。」

鄭保雲苦笑着，並不辯護：「而且他們的樣子，看慣了，也不……怎麼樣，他們有好些長處……你若能和他們長期相處，可以得到很多好處。」

我有一連串的粗話要罵他，可是這時顯然時機不當，有更迫切需要解決的問題：「你準備在什麼時候讓紅人知道你是在故意騙他們？」

鄭保雲真正是雜種，在這樣的情形下，他竟然道：「在適當的時候。」

我給他的話氣得幾乎窒息，他急急地道：「他們快來了，你放心，不會害你，我對他們說，我會盡量勸你把所知的說出來，你要和他們合作。」

我一口氣緩不過來，在鄭保雲急急說話之際，沒能打斷他的話頭，而等我可以揚聲痛斥時，他卻已轉身，疾奔到窗口。

書房的建築格式十分古舊，窗子上，鑲的是木條排成圖案的窗櫺，他一縱身，嘩啦一聲響，撞碎了木格，人已向外翻了出去。

我急忙也撲向窗口，想把他拉回來，多少讓他吃點苦頭，可是我才向前一撲，就在那個窗口，紅影一閃，七、八個鮮紅色的人頭，倏然伸進來。

那種鮮紅色的人頭，連在一根又細又長又柔軟的長條形物體上——情形有點像「紅鶴」，但比紅鶴的頸更長更細，而且，連結着的是人頭，不是鳥頭。

我立時收住勢子，那七、八個紅人頭，還是幾乎碰上了我，我面上可以感到他們噴出來的灼熱的氣息——這樣的怪物，居然也和人一樣，呼吸着同樣的氣體，真有點不可思議。

那七八個紅人頭，也停止了前進（看來他們的頸子，可以隨心所欲地伸長），個個目光灼灼，望定了我，我心跳得要破胸而出，連吸了幾口氣，心知在如今這樣的情形下，除了照鄭保雲所說，憑自己的機智去應付之外，難道還可以希望這王八蛋會回來幫我不成？

我不知道那些紅人臉上的表情，是不是和地球人相同，只好假定他們暫時對我不會有什麼惡意，我勉力在自己臉上擠出笑容來（一定難看之極），又喘了幾下，才道：「各位……聽得懂我的話？」

我一開口，那七八個紅人頭眼珠轉動着（他們的眼珠眼白，全是紅色的，只不過深淺程度不同，當這樣顏色的眼珠在轉動時，真是詭異絕倫）！要不是我久已知道外星人的形態，一定匪夷所思，真非昏過去不可。

他們像是互相之間在交換意見，不但發出一連串嘰咕的聲音，而且還有一種不可想像的粗野動作：他們那種細而長的頸子，竟然晃動着，互相交纏在一起。

在那時候，我在極度的駭然中，忽然有了十分滑稽的念頭：要是把這些細長的頸子當成繩子一樣，抓了來打成死結，不知道他們是不是解得開？

他們「商議」了一陣，其中一個紅人頭的頸子脫離了和其他頸子的糾纏，一下子直伸到我面前來，居然口吐人言：「聽得懂。」

那紅人頭離得我極近，我伸出手，想推開它，可是又不敢碰到它，只好作勢推了推，不好意思地道：「那好極了，我們可以溝通，不過……講話時，距離不必那麼近。」

那紅人頭不但口吐人言，而且，居然格格笑了幾下。

（我當時自然而然的用「口吐人言」來形容那紅人頭講話時給我的感受，後來，就在這四個字上，有了不少的聯想，相當有趣，容後補。）

我給他笑得毛髮直豎——憑良心説，笑聲本身並不可怖，不過眼前的情景實在太詭異，隨着他的笑聲，他並沒有後退的意思，其餘幾個紅人頭反倒也向前伸來（我已有足夠的鎮定，仔細數了數，一共是九個紅人）。

不但他們的頭在向前伸，他們的身子也從窗子中擠了進來，動作十分快，一閃，就進了窗子，看起來，身子是被他們細長的頸子拉進來的，他們的身子，也説不上是什麼形狀，只是一堆，連哪一個頭連結着哪一個身子都弄不清，就是那麼一堆。

我記得鄭保雲説過，紅人的身子，可以作任何形狀的改變，連他們的頭部，也可以從窗縫中穿來穿去，那麼，身體看來形狀怪一點，似乎在禮貌上，也不應該現出大驚小怪的神情。

我再度勉力鎮定心神，而且略有成績，居然一開口，面不紅，氣不喘：「能為各位效勞？」

那口吐人言的紅人頭，目光灼灼的（目光雖然無形，但一和他目光相對，感到他目光也是紅色）盯着我：「那天龍星人，他說，不，我們知道，那東西在哪裏，你知道，告訴我們。」

我忙道：「那天龍星人，名字叫鄭保雲，他其實只是半個天龍星人——各位是什麼時候來到地球的？是不是有意在廣大地球人面前亮亮相？作一次全世界電視轉播，讓地球人認識一下外星朋友？地球人常說：『有朋自遠方來，不亦樂乎』……」

我說到後來，根本連自己也不知道自己在說些什麼，胡言亂語的程度，還在溫寶裕之上，目的只是想拖延時間，思索對策。

而當我講了足有五分鐘之後，我發現鄭保雲對紅人的評語十分正確，紅人的智慧如何，我不敢下斷論，但他們應付胡說八道的本領，遠在地球人和天龍星人之下。他們竟然十分用心地聽着，我一面說，那個會說人話的就一面在發出古怪的聲音，聽來是在作「即時翻譯」，直到我胡言亂語告一個段落，那紅人頭才道：「不必了，地球人的外形和我們不同，而且，地球人天生有十分狹窄的仇視心理，會把外來的人當作敵人，『有朋自遠方來，不亦樂乎』，只怕不是真心話。」

我給那紅人頭的這一番話，說得有點臉紅。而這時，我肯定他們樣子雖怪，但是性格和平。樣子怪，那是相對的，在他們看來，地球人何嘗不怪？所以，我在想了一想之後，十分誠懇地道：「你們要找的東西，對你們十分重要？」

那紅人頭立時道：「重要極了，唉，那天龍星人……真壞，他騙了我們，而那東西，對他……對他來說，又沒有什麼用處……」

另外兩個紅人，對那紅人的話好像不表同意，嘀咕了幾句，紅人之間起了一番小小爭執，紅人頭才道：「對天龍星來說，有用。」

我看出他們對這個問題十分重視，好奇心大熾：「有什麼用？」

幾個紅人卻一起搖頭，他們搖頭的樣子極其駭人，不過我已見怪不怪，連呼吸也和平時一樣暢順，並不感到特別害怕。

（才見到陌生現象，總難免害怕，這是人對陌生現象有排斥的天性。但人畢竟有智慧，可以判斷陌生現象是不是會造成危害。若是連這種判斷能力也喪失，只是一味排斥，那才可悲之至。）

紅人一面搖頭，一面還不斷眨着眼，卻又不說什麼，我再問：「不能說？」

紅人用頭部的動作來表示心意，竟然和絕大多數地球人一樣，一聽我這樣說，又連連點頭。

這時，我不但肯定他們生性平和，而且十分老實，我不忍再戲弄他們：「其實，我真的不知你們要的東西在什麼地方——」

那紅人頭道：「不，你知道。」

我苦笑了一下，他們中了鄭保雲的奸計，一時之間，也難以令他們明白，這時我倒真的想幫他們找出那東西來，想了一想，我道：「在鄭保雲出事後，我幫忙整理過鄭家的遺物，鄭天祿藏東西的本事很大，鄭天祿就是那個天龍星人，騙了你們東西的那個，所以，如果你們至少告訴我那東西的形狀大小，要是我湊巧見過，就可以告訴你們東西在哪裏。」

那九個紅人又商議了一會（發出怪聲，細長的頸交纏在一起），那紅人頭才道：「能請你到我們的飛船上去一下？」

我大感興趣，但還是說：「有必要？」

紅人頭道：「有，那東西的形狀，我無法形容，要請你去看看。」

我遲疑了一下：「好，不過我有一個條件，當日你們怎樣把鄭保雲從『病房』中弄走，也用同樣的方法把我弄走。」

那九個紅人，一起發出了聽來十分詭異的「咕咕」笑聲，其中一個突然揚起手來——

在這裏，要略作說明。

紅人的形體古怪之極，當他們的頭和頸先伸進來時，實在沒有餘暇再去注意他們的身體。他們的身體看來像是鮮紅色的、無以名狀的一大堆，連誰是誰的也分不清，別說是四肢形狀了，而且，看起來，他們也不像穿着衣服，他們那種紅色的「皮膚」（假定是）看來又滑又堅韌，有一點像鮮紅色的漆皮。

而這時，突然有一隻鮮紅色的手自一大堆紅色的身體中冒了出來，我也無法知道它自何而來，屬於哪一個紅人所有。

手的形狀倒和人手一般無二，甚至手指上，有着閃亮的、鮮紅色的「指甲」。

那隻鮮紅色的手中，握着一個相當怪異的東西，形狀猶如大型手電筒，也是紅色的（紅色對這種外星人，一定有十分獨特的作用），向我揚來。我還未弄明白他們要幹什麼，自那東西之中，突然射出一股紅色的光芒來，或者應該說是一蓬紅色的光芒，將我全身罩住。我看出去，一切皆是紅色。

大家都知道，穿了黑色的衣服，若是站在黑色的背景之前，就會錯覺到「隱形」的效果。我望出去，一片鮮紅色，眼前那九個紅人，也等於一下消失不見了。他們可能還在，可能真的消失，我也無法深究，因為接下來發生的事，更令我目瞪口呆。

我想講什麼，但沒有開口，只覺得有極為短暫的時間，像是有一些什麼事發生在我的身上，可是卻又不痛不癢，根本什麼感覺也沒有。

而那蓬紅光，也一閃就消失，我發現自己已處身在另一個空間中，離開了鄭家舊宅的書房。

那另一個空間並不大，觸目皆是鮮紅色——這種顏色，乍看自然奪目美麗，但是看久了，並不是十分舒服，對人眼睛來說，最舒服的是綠色，不是紅色，尤其不是鮮紅色。

我閉上眼睛片刻，設想剛才那一剎間發生了什麼事，在不得要領間，聽到「格」的一聲響，睜開眼來，眼前紅光大盛，我這才發現，自己是在一個箱形的空間中，一邊正被打開，我自然而然走出去，外面是一個相當大的空間，有好幾十個紅人，正發出一種「啪啪」的聲響，像是地球人在發出鼓掌聲。

一個紅人在我面前——每個紅人看來都一樣，但是他一開口，我知道他就是曾和我對話的那個，而看到了許多奇形怪狀的裝置之後，我也可以知道，如今，我已身在他們的飛船之中了。

我「嗖」地吸了一口氣：「請問……怎麼能……在一剎間就使我……進入

你們的飛船？」

那紅人笑了一下，神情詭異：「不能告訴你。」

我有點生氣：「如果我堅持？」

紅人感到為難：「還是不說，因為……說了，你會極害怕。」

我悶哼了一聲，沒有再說什麼，心中想：有什麼了不起，多半是剛才紅光一罩，把我麻醉了過去，再把我搬到飛船來弄醒。

（當然後來我知道這極設想幼稚得可笑，也知道紅人心地善良，因為在知道了真相之後，的確害怕到全身發抖。）

當時我沒有再問什麼，紅人做事也很乾脆，那個和我一直在講話的，領着我向前走。這時我才發現他們身體的結構比地球人進步——可以變形，至少，四肢平時可以縮起來，身體在那時只是球形，或是無可名狀的一堆，但一伸出來，卻又和地球人差不多。

來到了一座看來像是控制台一樣的裝置前，那紅人向一個方形的東西指了一指，那東西的一個蓋子打開，是一只小小的盒子，盒子中是一個形狀十分奇特的事物，看起來像是一塊燒了一半的炭，顏色竟然不是紅色，而是一半紅，一半黑（所以看來才會像是燒了一半的炭），雖有手掌般大小，也不知有什麼用。

我正想伸手去碰一碰那東西，可是手還沒有揚起，那紅人就迫不及待的把蓋子蓋上，而且睜大了眼睛，紅色的眼珠中，居然充滿了期待的目光，望着我。

我搖頭：「真對不起，我從來也未曾見過那樣的東西，它……是什麼？」

我話才一出口，不但在我面前的那紅人發出了一下嘆息聲，至少還有五六個紅人在齊聲嘆息。顯然我的話令他們極其失望，那同時也證明了這東西對他們重要之至。

在我面前的紅人震動了一下，支持他頭部的頸子，像是在刹那間失去了支持力量，軟垂了下來。

他們的模樣雖然怪異之極，乍一見到，能把人嚇瘋，可是這時那種情形，卻也使人知道他們心中十分焦切憂慮，悲傷得教人對他們寄以同情。

我也跟着嘆了一聲：「那東西……十分重要？」

那紅人點了點頭：「是，重要之極，我們……我們……」他遲疑了好一會，又轉動着頭部，看來是在向別人徵詢意見。

在半分鐘之後，他才道：「那東西，是我們生命之源，很難向你解釋明白，你剛才看到的那一件，就是我們飛船上一百二十人的生命之源。」

他說「很難向我解釋明白」，的確，我全然莫名其妙，不知道他口中的「生命之源」是什麼意思。看來他們科學進步，生命的形式也十分先進，怎會生命之源像一塊燒了一半的炭？

我神情迷惘，一面想，一面問：「生命之源？是……說你們的生命……受這東西的控制？」

那紅人又猶豫了一下：「可以這樣說，也不能這樣說，你不會明白。」

我悶哼一聲：「我會明白，只要你肯說。」

紅人後退了一步：「請你再想一想，是不是曾見過這樣的東西，它應該放在一隻盒子中。」

我仍然搖着頭：「你們應該有十分先進的搜索儀器，難道也找不出來？」

那紅人嘆了一聲：「那東西會放射十分強烈的能量，事實上，就算距離極遠，不用儀器，我們也可以感知到。」

他說到這裏，用鮮紅的手指指着他的頭部，他們的頭上長着紅色的頭髮，很服貼地貼在頭皮上，由於他們全身都是紅色，所以不是十分容易覺察到他們的頭髮。

我更是訝異，因為若是如此，他們更沒有找不到那東西之理，有可能那東西早就叫鄭天祿毀棄了。我正想提出這一點，那紅人又道：「可是，如果用銅把那東西包藏起來，能力的發射就會受阻隔，我們就無法知道它在什麼地方。」

我心中陡然一動：「包藏的銅……需要多厚？」

紅人像是看出我已想到了一些什麼，神情緊張：「不必太厚，有五公分也夠了。」

我深深地吸了一口氣，在那時，我想到了在荷塘底部的暗窖中起出來的那隻銅箱子。

在那隻銅箱子中，鄭天祿這個天龍星人，留下了要他後代、半天龍星半地球血統的鄭保雲作出選擇的小簿子。鄭保雲在極短的時間內，就決定做天龍星人，接下來，就變瘋，生理結構、腦組織發生變化，幾年工夫，完全擺脫了地球人的形態，據他自稱，「進化」成了天龍星人。

# 第九部

# 生命之源

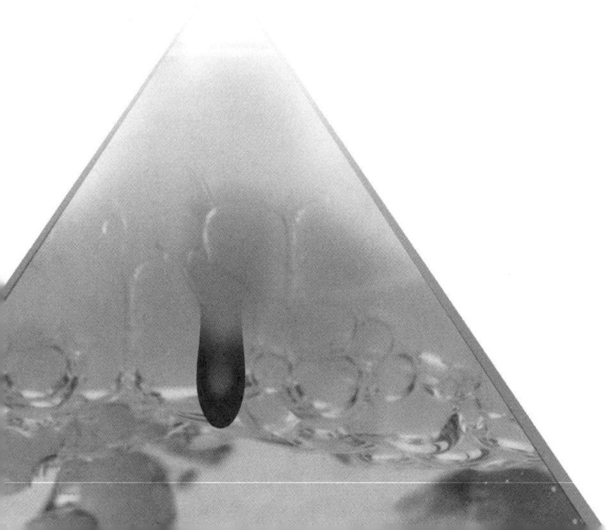

鄭老太為了酬謝我，問我要什麼禮物，我就要了那隻銅箱子，那箱子十分奇特，箱子看來不小，但幾乎全是實心的，沉重無比，若是在其中包藏着那東西，綽綽有餘。

那隻銅箱子，一直在我住所的儲物室中，現在當然還在，紅人要找的東西，如果在銅箱子之中，那要取回來真是舉手之勞。

可能由於我神情興奮（更可能是他們有能力感應到我腦部活動因為興奮而與平時不同），那紅人的聲音緊張之極：「你是不是想到了什麼？」

我先作了一個手勢，好幾個紅人一起湊過來，細長的頸子又纏在一起，我道：「你們怎麼那樣肯定這東西還在，而不是早已被天龍星人毀掉了？」

那紅人道：「不會，天龍星人很壞，他想利用那東西對付我們——」

我順口說了一句：「哦，對了，那東西是你們的『生命之源』。」

在我面前的幾個紅人一聽，一起靜了下來，鮮紅的眼珠骨碌亂轉，神情詭異絕倫。我嘆了一聲：「你們要我幫忙，可是又不肯把一切詳細告訴我，這樣做法，只怕不是很對。」

那紅人和另外幾個發出了一連串古怪的聲音，「商討」了片刻，才道：「好，我告訴你，懂不懂是你的事。我們的生命形式十分特別，和地球人……和別的星體上的人絕不相同。」

我點頭：「本來就是，每一個星體上的高級生物，必然有他自己獨特的生命形式。」

那紅人頓了一頓：「我們的生命有一個重要的組成部分，必須定期依靠一種能量的補充——定期攝取這種能量，就像地球人……地球人……」

他像是想舉一個例子使我明白，我道：「像是地球人要定期攝取維生素？」

紅人先是愣了一愣，接着，笑了起來：「有點像，可是情形複雜得多，這種能量，由我們星球中的一種礦石所發射——就是你剛才看到過的那塊。這種礦石，在我們星球十分普遍——」

我大惑不解：「既然十分普遍，為什麼被天龍星人弄走了一塊，要苦苦追尋？」

那紅人長嘆一聲：「複雜之處就在這裏。我們自小攝取了礦石中放射出來的能量之後，就一直只能攝取這塊礦石的能量，而無法攝取其他礦石的能量——雖然我們一直到如今，都無法了解為什麼會這樣，因為每塊礦石的成分完全一樣，或許，這就是生命的奧秘，高級生物，不論生活在哪一個星體上，都無法了解自己生命的真正奧秘。」

那紅人一口氣說到這裏，我已聽得人有一種虛虛蕩蕩之感，他說的話，我的確不是十分明白，但是他說得透徹，我可以憑自己的想像力去理解。

我想了一想：「凡是發射能量的礦物，能量自然不能永遠不絕地發射，要是能量發射完了，那麼——」

紅人道：「在能量發射完畢之後的……五十個地球年，得不到能量補充的人，就會死亡。」

我用力眨着眼，這是一種多麼不可思議的生命形式，生命靠礦物的能量發射而維持。

然而想起來，也沒有什麼特別，地球人的生命，不也是靠一種叫氧的氣體來維持嗎？在形式上，基本還是一樣的，地球人無法明白自身的生命奧秘，紅人也一樣不能。

我愣呆了片刻，才又道：「一塊礦石……可以成為許多人的生命之源？」

紅人點頭：「在經過了長時期的進化之後，一塊礦石，最適宜成為一百二十人的生命之源。這一百二十人，在一出生時，就已經編定成為一組，以後一直共同生活，生死與共，這是一種地球上沒有的生命形式。」

我對事情愈來愈明白了：「天龍星人騙走了其中一塊礦石，到如今——」

紅人道：「已經快五十個地球年了。」

我用力點頭：「也就是說，要是再找不到那東西，就會有一百二十個紅人……要死亡？」

聚在我身前的紅人，這時已有十七八個之多，本來，他們由於我領悟力強，對他們那種獨特的生命形式，居然弄得明白，都顯得相當高興，不但晃動着他們又細又長的頸子，而且不斷發出嘰咕嘰咕的怪聲，這時，陡然之間靜了下來。

我知道說對了，而且，那一百二十人之死一定十分嚴重，不然，一個星體上，少了一百二十人，也不是什麼大不了的事。

我吸了一口氣：「這一百二十人之中，有對……你們來說，十分重要的人物在？」

那紅人閉上眼睛一會，才點了點頭：「是，太重要了，那天龍星人，就是想利用這一點來控制他，進一步控制我們。可是他十分偉大，寧願犧牲也不願意我們受任何力量控制，許多年來，我們致力尋找那生命之源，但一直沒有結果——」

我「啊」地一聲：「那是你們的首領。」

眾紅人又靜了下來，然後，一起嘆息，我忍不住頓足：「你們也太笨了，既然是首領的『生命之源』，怎麼會教人輕易騙了去？」

紅人全都低下頭去（他們當然不會「臉紅」），那紅人道：「是的，我們……對人不提防，我們……我們……」

看他對自己難以下判斷的遲疑情形，更可以證明這種外形可怖之極的外星人，心地極度善良，我對他們的好感也愈來愈甚，願意盡自己一切力量去幫助他們，所以把剛才想到的對他們說了一遍。

所有的紅人都興奮莫名，嘰咕之聲大作，我道：「我只不過猜想到有可能，不一定是事實。」

那紅人道：「一定就在那銅箱子中，真好極了，時間還來得及，可以帶回去，趕得上救人，這真是我們星球上最大的喜訊，真不知道怎麼感謝你才好。」

他講的時候，血紅的一顆頭伸得離我愈來愈近，不但可以感到他口中噴出來的熱氣，而且也感到他口沫橫飛。看到他有進一步興奮到了要用他細長的頸子來纏我的脖子之勢，我不禁心中大驚，怕自己會受不了這樣的刺激，所以忙道：「一切還只是猜想。」

那紅人的頭搖晃着，一時之間，在飛船內部的所有紅人，都大幅度擺動着他們的頭，蔚為奇觀。

看到他們這樣興奮，我心中大有隱憂，因為萬一那塊可以維持他們首領生命的礦石，不在那隻銅箱之中，他們不知要多麼失望。

我一再表示，一切都只是設想，是不是事實絕不能肯定，以免他們希望愈高，失望愈大。

可是紅人的性格看來相當單純，他們仍然高興莫名。那紅人按了幾個掣鈕，一幅熒光屏一樣的物體顯露出來，上面是紅色深淺程度不同的世界地圖，那紅人問：「你住所在——」

我伸手在我居住的那個城市指了一指，那紅人嘰咕了幾句，便是在下達命令，又轉向我：「我們的交通工具比較快——」

我嚇了一跳，手心有點隱隱冒汗。能搭乘他們的飛船回家去，自然再好沒有，可是飛船若是降落在我住所的天台上，只怕白素的膽子再大，也會受不了。

我忙道：「我想……你們的樣子十分駭人，行程還是安排一下比較好。」

那紅人表示同意：「隨你的意思。」

我想了一想，要他們的飛船停在一處靜僻的郊外，然後，我再進城去取那銅箱子，用最快的速度來交給他們，免得他們的行蹤被人發現。

那紅人點頭答應：「我們在地球上已活動了很多年，一直很小心，沒有什麼在人前露面的記錄。除了那個半天龍星人之外，你是第一個和我們面對面交談的地球人。」

我忽然想起了一個問題：「以你們所知，在地球上活動的外星人多不多？」

那紅人作了一個鬼頭鬼腦的神情：「這還用問嗎？你以為那麼多不明飛行物體的記錄，全是空氣中光線折射形成的幻象？」

我深深吸了一口氣，也深深為地球人感到悲哀，人類竟然那樣不肯正視事實，和把頭埋在沙堆中的鴕鳥，簡直沒有什麼分別。

我還想在他們的口中知道多一點情形，那紅人卻道：「大多數外星人，由於形態和地球人相去太遠，所以在觀察、研究地球時，都不在地球表面上進行，也不願意被地球人覺察他們的存在——像我們，就是那樣。至於外形和地球人相類的一些，他們的情形如何，我也不清楚。你應該有機會見到天龍星人，可以問他們。」

我心中苦笑了一下，問天龍星人？只怕不會有結果。因為我至少知道，天龍星人相當狡猾，其奸詐程度，只怕遠在地球人之上，若是他們正在從事不利地球的勾當，怎會對人實說？

我只顧在問問題，沒留意到飛船已經起飛，那紅人指給我看飛船迅速移動的顯示圖，快速無比。

（有趣的是，我和紅人討論時，紅人提及過許多不明飛行物體的記錄。而紅人的飛船，在接近我所居住的城市時，由於降低高度，也被人發現。不但發現，而且有一個人正在替女友拍攝錄影帶，把飛船劃空而過、留下一股紅影的情形，記錄了下來。）

（那一段記錄，可以說是世界上最清楚的不明飛行物體的記錄，曾在電視台的新聞時間中，一再播出。）

（當然，並沒有引起多大的注意，有關當局的解釋是：空氣中的折光形象，諸如此類。哈哈！）

飛船降落在一個極荒僻的海邊，等我離開飛船時，回頭看了一眼，看到飛船的外形呈六角形，不算很大，當然也是紅色。

我離開後沒有多久，一下相當悶啞的轟然聲，飛船迅疾升空，在海邊的岩石上，留下了一個圓形的凹槽——高溫造成的。

飛船很快在高空隱沒，我定了定神，才覓路向前走去，不一會，就到了公路上，等了半小時才有車子經過，我請求駕車人把我送到市區去。

兩小時後，我回到住所，一把拉住了白素，進了書房，就迫不及待把一切經過告訴她。

雖然自從藍血人開始，我不止一次和外星人打過交道，但是像這次這樣，如此直接地和外形極度怪異的外星人長時期相處，而且還乘搭了他們的飛船，這仍然是十分新鮮的經歷，在我向白素敍述的過程中，仍然覺得那像是一場幻夢。

白素聽得大是有趣——當然我們不是一直在書房中，我和她在敍述中，進了儲物室，找出了那隻銅箱子，再回到書房，一面講，一面察看是否有夾層，可是卻沒有什麼結果。

我心想，紅人有十分精密的儀器，把銅箱子交給他們，一看就知，他們一定也心急在等着，我提着箱子，和白素一起駕車，再到那海灘去。

臨出門時，白素忽然道：「那種紅色的外星人，一定很對良辰美景的胃口。」

我順口問：「為什麼？」

白素笑：「良辰美景只穿鮮紅色的衣服，和紅人差不多，是不是帶她們一起去看看？」

我大吃一驚：「萬萬不可，這兩個小鬼頭，膽大包天，什麼都敢做，要是她們帶幾個紅人參觀一下我們這個城市，那就是世界末日了。」

白素瞪了我一眼：「看你嚇成這樣。」

我還真是要感到害怕，連連吸氣，幸好上了車，疾駛離開，良辰美景沒有恰好撞了來。

在兩小時之後，車子停在那靜僻的海灘，那時，正是凌晨時分，四周圍極靜。我們才一到，抬頭向漆黑的天空看去，看到就在頭頂，有一股紅影迅速直下，快得無法想像，一下子，飛船就停在離我們不遠處。

我忙握住了白素的手：「要有心理準備，他們的樣子，真的不敢恭維得很。」

白素點了點頭，飛船的門打開，我一手提着箱子，一手和白素互握，走進飛船去，十七八個紅人一起伸長了頭，伸到我們面前，白素雖然早有了心理準備，可是也不禁手心直冒汗，頻頻吸氣。

那紅人已從我的手中接過那隻銅箱子去，嘰咕着，交給了另外兩個人。他神情緊張得很：「很快就可以有答案，你給我們的幫助，太……不知怎樣感謝才好，歡迎你們到我們星球去玩。」

我嚥了一口口水：「來回要多久？」

那紅人側着頭，想了一想：「大約二十個地球年。」

我和白素，都不由自主的發出了一下低嘆聲。我們實在非常希望能到紅人的星球上去「旅行」一番，可是地球人的生命如此短促，一來一去就要花二十年，地球人實在浪費不起，無法把生命的四分之一花在只觀光一個星球上。

所以，我和白素只好緩緩搖着頭，就在這時，一陣歡呼聲陡然爆發——雖然那隻是聽來十分怪異的一種聲音，但是那種歡樂的情緒可以感染到我們，使我們知道，紅人是在歡呼。

那當然是由於我的假設已被證實，他們要找的東西，正是被包藏在那銅箱子之中。

這一下，紅人的熱情再也壓抑不住，在接下來的三五分鐘之中，幸好我和白素一直緊握着手，才能互相支持着對方。

因為不知有多少個紅人把頭伸了過來，他們又細又長的條狀頸子，像是彩帶一樣，繞住了我們的身子，有的繞在頸上，有的繞在身上。他們的頭，盡量向着我們，擠眉弄眼，在表示他們心中的歡樂，可是那種神情看在眼裏，當真是怪異可怖，至於絕點。一直到很久之後，閉上眼睛，還彷彿看到那種可怖的情景；當時那三五分鐘，全身發麻，不知是怎麼熬過去的。

幸好那個紅人發出幾下巨大的嘰咕聲，才使得熱情奔放，向我們表示謝意的眾紅人依依不捨地後退。明知他們一點惡意也沒有，可是我和白素還是把不住身子發抖。

那紅人來到我們面前：「我們趕着要回去，太謝謝你們，對了，在那銅箱子中，不但有我們所要的『生命之源』，還有一樣東西。」

他一面說，一面交給了我一隻看來扁平，像是古老煙盒一樣的一隻銀白色盒子。

我接了過來，那盒子雖然小，可是相當重，我道：「這是什麼？」

那紅人搖頭：「不知道，可能是那天龍星人的東西，你見了天龍星人，可以還給他們。」

我心中想，紅人心地好，又得到了一次證明。天龍星人騙了他們那麼重要的東西，累他們找了那麼久，可是他們一發現屬於天龍星人的物事，就理所當然，毫不考慮要物歸原主。

這又使我聯想到，鄭保雲表示對紅人害怕，要擺脫紅人的說法，有點不盡不實，至少，他把我留給紅人的手段，就絕不光明正大。

對於性格那麼好的外星人，我十分樂於親近，他們急着要回去，以後不會再來，我也沒有機會去看他們，自然以後再也不能見面了。

我和白素都有點傷感，我們主動和那紅人握手，然後，才向飛船的出口走去。離開之後，飛船立時升空，轉瞬不見。

我抬頭向上望，口中喃喃自語：「宇宙中究竟有多少怪異的生命方式？竟然有一種生命，要靠一種礦物放射的能量才能維持——把生命和礦物的放射能量結合在一起，這算是進步還是落後？」

白素吸了一口氣：「不論進步落後，至少很有宿命的意味，和人的命運差不多，礦物能量的放射，不知是不是能預測？」

我苦笑着：「只怕不能吧，如果能，豈不是人人都知道什麼時候會死？」

白素半晌不語，在說話的時候，我們都抬頭望向黑沉沉的星空，直到這時，我們才低下頭來，互望着，雙方在對方的惘然眼色中，都可以知道，並無答案。

我們緊握着手，走向車子，在車中坐定之後，心境還是久久不能平復，我自袋中把那隻沉重的扁平盒子取了出來，着亮了車中的燈，和白素一起看着。

車中的燈不是十分明亮，絕不是研究不知名物體的好所在，但白素一向知道我性子急，所以由得我翻來覆去看着，她只是在一旁幫眼。

我試圖想將之打開來，可是看起來，那只是一塊扁平的金屬塊。

看了幾分鐘，我抬頭向白素望去：「鄭天祿這個天龍星人十分狡猾，他設計讓鄭保雲選擇了不做地球人，又騙了紅人的生命之源，想控制紅人，這塊東西，只怕大有作用。」

白素完全同意我的看法，可是她卻道：「可是我們全然無法知道那是什麼。」

我一副不服氣的神情，白素笑道：「甚至不能肯定那是不是天龍星上的東西，說不定又是鄭天祿在哪一個星體上騙來的，宇宙浩淼，上哪兒去追查去？」

我把那塊金屬板放在手中，不斷上下拋着。白素的分析十分有理，但也不至於全然無可追查。鄭保雲去找他們的同類，至少可以向他們問一問，這是什麼，自己也可以作一番工夫，例如照照X光，看看它內中是不是有什麼花樣之類。

當晚，由白素駕車，回到家裏，東方已現出了魚肚白。雖然奔波了一晚，可是我和白素都十分亢奮，在我們各種各樣的冒險生活中，和外星高級生物如此長久而直接的接觸，還是第一次。更重要的是，這是一次和平的、互助的、友好的接觸。

紅人曾批評地球人天生有狹窄的排他觀念，小到張家村的人把李家村的人當仇敵，中至國與國，民族與民族之間的鬥爭，將來，必然大到和宇宙各星體上的高級生物大起衝突。這種排他性，自然不是地球人之福。

我也想到，當紅人對我們表示感激，用他們的長頸來「擁抱」我們之際，明知沒有惡意，可是那種不舒服之極的感覺，現在想起來，也不免全身發抖。

而我們地球人的形體，在紅人看來，又何嘗不是怪異莫名？紅人就不以我們為怪，肯主動和我們接近，若是叫我主動去親近紅人，那實在沒有可能。

地球人這種天生性格上的缺點，可能造成地球和其他星體高級生物交通的最大障礙。

我一面想着，一面把所想到的陸續講着，白素大都表示同意，最後她道：

「這次和紅人的交往，只不過是一件主要事件中的插曲。」

我明白她的意思：「對，主要的是天龍星人。」

白素想了一想：「我……不知為什麼，已經有了天龍星人不是好東西的主見。」

我揮着手：「當然不是好東西，連只有一半天龍星血統的人，也不是好東西，竟然戲弄我，自己脫身，把我留給了紅人，要不是我應付得體，那些紅人纏上身來，也就夠麻煩的了。」

白素笑了一下：「我們有這樣的主見，是不是正是狹窄排他性的表現呢？」

我愣了一愣，有點遲疑：「不……不是吧。」

白素也沒有再說什麼，打了一個呵欠，表示要休息，我卻沒有倦意，仍然留在書房，研究着那塊金屬板。同時，希望鄭保雲快點和我聯絡。

我用鋒利的小刀刻劃那金屬板，一點痕也沒有留下，真看不出這塊東西有什麼用處，但如果它是地球上所沒有的一種元素，那究竟有什麼用，也就只有原來的物主才能知道。

一直到日上三竿。我才有了一點倦意，半躺在安樂椅上睡着了。

不知睡了多久，我被一陣吱吱喳喳的聲音吵醒，在睡意朦朧之中，一聽到這種聲音，還以為那些發出嘰嘰咕咕聲音的紅人又回來了，我心中一驚（先天排他性又發作了），立時挺身睜眼，果然看到眼前有紅影晃動。

但是那晃動的人影，自然不是紅人，而是愛穿鮮紅色衣服的良辰美景。

# 第十部

# 白素在叫救命

我半躺在書房中，良辰美景竟然會在我書房出現，而且還不肯安安靜靜，把我吵醒，這未免太過分了，所以我一看清了是她們，立時沉下了臉。

不過那沒有用，嚇不倒她們，兩人一起向我扮了一個鬼臉，我也就無法不笑出來。她們反倒向我作了一個手勢，把手指放在唇上，示意我不要出聲，神情緊張，又有點鬼頭鬼腦。

是她們把我吵醒的，現在反叫我別出聲，那真叫人啼笑皆非，我悶哼了一聲，還未發作，她們已道：「白姐姐在應付一個怪人，叫我們來看看你醒了沒有。」

我愣了一愣：「怪人？」

我故意好像十分緊張，但心中卻只在好笑，因為我一點也不覺得事態嚴重——不然，白素不會輕鬆地叫她們來看看我「醒了沒有」。

良辰美景卻一本正經的點頭：「要是你醒了，白姐姐說，叫你躲在書房裏別出來，她會應付那怪人。」

我忍不住大喝一聲：「為什麼？」

良辰美景突地嚇了一跳，跌腳道：「這一叫，那怪人就知道你在家，看樣子他衝着你來，你躲得一時便一時，千萬別出聲。」

我給她們兩人一人一句，說得惱也不是，笑也不是，揚起手來作狀要打她們，兩人笑着，身形在我書房中亂閃亂竄。

我書房不是很大，雜物又多，餘下可供人走動的空間，無論如何不是供人奔竄的好場合。可是良辰美景的獨門輕功，最擅長在狹小的空間中挪騰閃避，再小的地方，她們一樣來去如風，只見兩條紅影，在眼前飄忽不已，我看得眼花撩亂，明知捉不到她們，只好道：「別鬧了，去看看是什麼怪人。」

兩人倏然停止，格格着笑，我已打開門，走出書房去。書房離樓梯口不遠，樓梯下是客廳，來客不論是怪人或是正常人，都會在客廳中，可是這時我走向樓梯，覺得下面很靜，全然不像有人。

等到了樓梯口，向下看去，客廳之中，果然空空如也，哪裏有人？

我回頭看去，良辰美景已經一溜煙也似的下了樓梯，在下面，傳來了她們「咦」的一聲，我也下了樓，樓下確然沒有人。

良辰美景已在滿屋亂竄，叫着；我的屋子，照她們兩人的遊走速度，三十秒，上上下下就可以走遍了，所以半分鐘之後，已經可以肯定，白素不在屋子中，當然也沒有什麼怪人。只有老蔡睡眼矇矓走了出來，一面口中在嘰咕：「屋子中小妖愈來愈多，真不是辦法。」

這時，良辰美景正躡手躡足的跟在老蔡身後，她們兩人輕功絕佳，自然一點聲音也沒有，老蔡不會覺察，聽得老蔡罵她們「小妖」，兩人一起做一個鬼臉，撮唇就向老蔡的後頸吹氣，吹得老蔡站定了發愣，有毛髮直豎之感，我叫了他兩聲，他兀自駭然在自言自語：「這……光天化日，也會……會有……」

我再大喝一聲，一面狠狠瞪了良辰美景一眼，她們才若無其事走開去，我問：「老蔡，剛才有人來？」

老蔡搖頭：「不知道，我在打盹兒。」

我也不怪他，他年紀大了，有點糊裏糊塗，我作一個手勢，他又嘀咕着走了進去。

我到了大門口，看了看，車子還在，我向良辰美景望去，兩人齊聲道：

「我們來的時候，白姐姐正好開門讓那怪人進來。」

我覺得事有可疑：「那……怪人，什麼樣子？」

良辰道：「個子好高，戴着一頂——」

她說到這裏，向美景望去，美景立即接上去：「——老大的帽子，男不男女不女——」

然後兩人一起道：「——將臉都遮住了，看不清楚。」

（良辰美景兩人講話的方式，絕大多數都是那樣情形，為了敍述上的簡便，只是偶爾詳細一下，各位在讀到她們講話時，不妨自行設想這種兩個人合着講一句話的情形，一定很生動有趣。）

她們在說及「個子很高」時，曾伸手向上，比了一比，看來來人比我還要高一個頭。

她們又道：「我們閃身進來，白姐姐就叫我們到書房來看你，看到你睡着，我們商量着是不是要把你叫醒，你就醒了，一定是你剛才一下大叫，把那怪人嚇跑了，白姐姐去追他。」

我悶哼一聲，良辰美景自然是在胡說八道，可是我卻也想不出來人是什麼人，和發生了什麼事。良辰美景互望了一眼，一起笑着，顯然她們也一點不覺得事情有什麼嚴重，這一點，自她們的神態上可以看得出。她們道：「白姐姐又說，你們曾見過一種……鮮紅色的人？告訴我們，是什麼樣的。」

我瞪了她們一眼：「就那麼一會工夫，怎麼能講那麼多話？」

良辰美景道：「我們講話快，白姐姐陪我們到樓梯口，她吩咐那人坐——」

兩人講到這裏，頓了一頓，互望着，像是忽然之間想起了什麼來，可是又不能肯定，所以互相交換着意見。她們互相交換意見的情形，在地球人之中，可以說是特別之極了。

她們不必講話，只是互望着，就可以知道對方在想些什麼——這自然是她們腦部活動所發出的能量，可以為對方直接接收之故。

然而這種現象，在地球人之中雖然特別，在天龍星人而言，卻一點也不算什麼，鄭保雲在身體結構轉化成了天龍星人之後，他腦活動的能量，不知可以在多麼遠的距離之外，被他的同類接收到，而且，紅人也有這樣的本領，相形之下，地球人十分幼稚落後。

這時，我想到了那一方面，沒有十分留意良辰美景的行動，直到她們現出了疑惑的神色來，我才直視着她們。

那時，她們顯然已肯定了一樁值得疑惑的事，兩人身形一閃，來到了樓梯口，上了一級樓梯：「當時我們站在這裏——」

她們向我招手，示意我走過去，我來到她們身前，沒有踏上樓梯。她們道：「白姐姐就是在這裏，對我們說及鮮紅色的人，說你會把故事告訴我們。白姐姐對我們說話，我們當然不能背對着她，所以轉過身來，她在對我們說話，我們自然要望着她——」

兩人講到這裏，我一揮手，打斷了她們的話頭：「好了好了，知道你們懂禮貌，是不是你們轉過頭去時，看到了一些怪現象？」

兩人神情仍然猶豫，又互望了一眼，才道：「不是很肯定，因為我們都不是望向別處，看到那高個子的行動，有點鬼祟，手上拿着一隻扁平的煙盒，好像準備拿煙抽，白姐姐一講完就轉過身去，那高個子連忙又收起了那煙盒來。」

良辰補充：「那煙盒有銀白色的反光，他在急着收起來時，閃了一閃，所以才留下了印象。」

美景也補充：「我當時還想了一下，這人煙癮也太大了，為什麼急忙把煙盒收起來呢？」

聽了她們兩人的敘述，我只想了極短的時間，立時向她們做了一個手勢，示意她們到書房去，兩人箭一般射了上去，我一進書房門，看到那塊扁平的金屬塊，仍然在我的書桌上，我向它指了一指：「那人手裏的煙盒——」

兩人循我所指看去，齊聲叫了起來：「就是這樣子。」她們互望着，再度用她們獨一無二的方法交換着意見，然後，極肯定地點頭。

她們離桌子近，一面點頭，一面已伸手去拿那金屬塊，兩人的動作完全一致，我也不覺得有什麼不對，這金屬塊雖然來源極奇，可能牽涉到宇宙奧秘，可是我曾翻來覆去，看了不知多久，一點也看不出有什麼特異之處來，所以，她們伸手去拿，我自然不會阻止。

兩人出手快，一下子就把那金屬塊抓在手中，也就在那一剎間，兩人一齊現出古怪之極的神情，剎那之間，雙眼睜得極大——她們兩人的眼睛本來就大，這一睜，看來是十分異樣。

同時，兩人齊聲發出了一下低呼聲，一鬆手，那塊金屬板立時向下跌。可是兩人動作快絕，不等金屬板落地，一俯身，手抄處，又已將它抓住，而且立時各伸一掌，按住了它。

這一連串的行動，看得我莫名其妙，不知發生了什麼事，而當她們手按上去之後，卻又顯出十分失望的神色，向我望來。

我直到這時，才疾聲問：「怎麼啦？」

看良辰美景的神情，分明是心中有無數疑問要問我，可是我卻向她們先發出了問題。我認識她們不算太久，但相處也很熟稔，從來也沒有看到她們現出如此慌亂驚惶的神情過。

接着，她們齊聲叫出了一句話來。

那句話給我的震撼之大，也無以復加。而且，在她們開口之前，隨便我怎麼猜，我都想不到她們會無頭無腦，突然叫出了這樣一句話來。

她們的聲音尖銳，可知在叫出那句話時，她們的心情極緊張、激動，她們叫的是：「白姐姐在叫救命！」

我呆望着她們，她們也呆望着我。如果不是兩人的神情真是表現了極度的惶急，我一定以為她們又是在開一個什麼形式的玩笑。

這時，我肯定她們不是在開玩笑，但是我仍然不知道她們這樣叫是什麼意思。

「白姐姐在叫救命。」這表示白素正在一個極危急的境地之中，發出了求救的信號，但何以她們會知道？難道她們和白素之間，也已有了「他心通」的能力？

我一面震驚，一面不知道有多少問題要問，可是良辰美景卻團團亂轉起來，她們顯然是因為心中極度焦急，才團團亂轉的，和所有人的正常反應一樣。只不過尋常人在這樣情形下，至多急速踏步，她們兩人卻竄高伏低，在書房中亂射亂閃，我幾次要向她們發問，她們的身影在眼前一閃就過，捉都捉不住，如何開口？

直到我實在忍不住，大喝一聲：「你們停下來好不好？無頭蒼蠅一樣亂飛幹什麼？」

我話才一出口，兩人就一左一右在我身邊站定，伸手抓住了我的手臂，眼中淚花亂轉，急得聲音都變了：「白姐姐在叫救命，快去救她。」

老實說，我也被她們的行動弄得心慌意亂之極，但是我還不至於像她們一樣，我吸了一口氣：「你們怎麼知道的？」

兩人齊聲道：「我們聽到——」

她們只講了四個字，停了一停：「不，我們感到，剛才，我們去拿這……板子，手才碰上去，就感到了。」

在她們大叫大亂的時候，那金屬板一直留在桌面上，我連忙伸手去抓，可是將它緊握在手中，仍然什麼感覺也沒有。

我相信良辰美景的話，因為一來，她們沒有理由說謊，雖然她們調皮，十分好玩，可是如果玩笑開到這種程度，那太失分寸，她們不會那麼不可愛。二來，她們一碰到那塊金屬板之後的情形，我看得清清楚楚，分明是有了極度的意外。

這時，她們又伸過手來，按在金屬板上，一起搖頭。我問道：「當時的情形——」

兩人道：「我們感到白姐姐身在險境，正在求救，迫切需要幫助，那……是生死關頭的呼救，我們快去救她，遲了怕來不及了。」

我被良辰美景的話弄得心亂如麻：「上哪裏去救她？天下之大，知道她在哪裏？」

良辰美景忽然向門口竄去，我忙喝：「你們上哪裏去？」

良辰美景的動作快絕，她們回答我的話時，已經到了樓下，在大門處傳來：「總共沒有多久，或許走不遠，我們行動快，到處去看看。」

我一聽，想要阻止時，哪裏還來得及，只是心中叫苦不迭。白素的處境如何，不得而知，那金屬板在一剎那之前，起了一下十分奇特的作用，「告訴」

了碰到它的良辰美景，白素在極度危險之中。

可是，它又不「告訴」進一步的情形，這已令人心煩意亂，焦急無比。而良辰美景卻漫無目的地「到處看看」，這一看，以她們兩人的身法之快，行事之詭異，在這個擁擠的現代化都市之中，快不要天下大亂？

我攤着手，全身都有軟癱之感，她們和白素的感情極好，一知道了白素有難，當然焦急，只怕她們闖出大禍來，那就不知如何收拾才好了。

（還好，她們「到處看看」的結果，據不完全的統計、黃堂提供的警方數字：有七宗連環撞車，一宗地下鐵路延誤，和當她們飛身縱上一棟大廈時，約有五千人聚集觀看，造成了交通的極度混亂，以及三處櫥窗玻璃破裂——原因不明。總共有六十七人輕傷，幸而沒有闖大禍。對了。還有警方為了顧面子，不肯公布的損失是：為了追捕兩個「迅速移動，造成混亂」的目標，四輛警車撞車，七輛警方的摩托車翻轉，也沒有人受什麼傷害。）

（這全是以後才知道的事。）

（當時，真正心亂如麻，一籌莫展，根本不知道採取什麼行動才好。）

我呆了沒有多久，也奔到了大門口，站着，茫然不知所措，站了極短的時間，忽然想起，一切關鍵，全在那塊金屬板上，便又返身奔上樓去，把那塊金屬板握在手中。

我沒有「感到」什麼，轉了一個圈，抓起一瓶酒來，喝了兩口，迅速把一切經過想了一想。

假定那來訪的高個子不是好東西——有理由這樣想，他來了，不多久，白素就和他一起不見，接着，就收到了白素的求救信號。這高個子也有一塊金屬板，金屬板由鄭天祿秘密收藏，可能和天龍星人有關……

一直引伸下去，能不能說白素的不見、有難，和天龍星人有關？

想到這裏，我深深吸了一口氣，鎮定了許多。剛才，實在給良辰美景惶急的神情嚇呆了，而且，她們說白素在「叫救命」，白素就算在極危急的狀況中，也不會叫救命，那只是她們收到了信號之後的感覺。

我相信白素應付非常變故的能力在我之上，良辰美景惶急的情緒影響了我，才使我也不知所措。假設情形最壞，白素落入天龍星人之手，天龍星人也沒有理由要害她。

這樣想，我鎮定了許多，想起自己由於對白素的極度關切，所以才會那麼失措。這時，我唯一的線索，就是那塊金屬板，可是我又全然不知道它的用途，我在思索，誰可以幫助我時，突然之間，我震動了一下。

那是一極十分奇妙的感覺：我一直握着那金屬板，一種感覺，就從金屬板傳向我的手——十分清楚肯定——就像手摸到了什麼東西，觸覺可以告訴我那是什麼。可是這時，奇妙的是，「觸覺」竟然在告訴我，有人在叫我的名字。於是，我就像「聽」到了有人在叫我，或者說，感到了有人在叫我：「衛斯理，衛斯理。」

我該怎麼辦呢？難道我用手指的觸覺去回答？我沒有這種本領，於是，我只好不斷聽一個人在「叫」我，叫了十來聲，我在心中答應了十來下，那是一種十分奇妙的現象，我絕不認為我的答應會給叫我的「人」聽到，我也不知道叫我者是用什麼方法使我聽到他的叫聲，可是聽到有人叫名字就回答，那是十分自然的反應。

可是那麼普通自然的行為，在這種情形下，卻又怪異莫名，那種感覺得到的呼叫我名字的聲音，給人以為什麼來自陰曹地府的勾魂使者之感，令人遍體生寒，彷彿在一呼一應之間，人的三魂七魄，就會被勾出體外一樣。

按住金屬板的手，手心在隱隱冒汗，總算好，在我產生了難以形容的恐懼之後，金屬板「靜」了下來，我深深吸了一口氣。

但那只是極短的時間，緊接着，我又通過了金屬板，「感」到了聲音，聲音仍然在叫我的名字，可是卻充滿了興奮和快樂：「衛斯理，你真了不起，你真的聽到了我的叫喚。」

我實在清楚地感到聲音，而且連聲調十分高興也「聽」得出來。可是事實上，又根本沒有什麼聲音存在。我知道，那一定是那塊金屬板的作用——良辰美景一碰到了它，就「聽」到了白素的「求救」，自然也是同一情形，我推測，金屬板能接收一種能量，再放射出來，通過人體的接觸，刺激腦部的聽覺神經，使人「聽」到聲音。

在作了這樣的假設之後，恐懼感減少，好奇心大盛：是誰在和我說話呢？

我仍然在心中回答，和剛才聽到叫聲而答應一樣：「不是我有什麼了不起，只是湊巧，你是誰？」

我「聽」到的聲音大呼小叫起來：「怎麼連我都認不出來了？那些紅人沒把你怎麼樣吧？」

我不由自主「啊」地一聲：「鄭保雲。」

當然那是鄭保雲，除了他，沒有人知道我和「紅人」之間的糾纏。而我「聽」不出他的聲音，自然也不能怪我，因為我畢竟不是真正聽到聲音。

我大聲叫了起來：「鄭保雲，你在哪裏？」

我把那金屬板按得更緊，「聽」到的是：「我需要你幫助，你到一處地方來，那地方……在……在……」

聲音竟然猶豫了起來，我焦急無比：「你先別說你的事，我也要你幫助，白素神秘失蹤，也曾通過現在和你通訊相同的方法，收到過她的求救信號，現在她的情形怎樣？在哪裏？」

眼前的情形真是複雜之極，要詳細形容不知要用多少話去說，也未必說得明白，我只好先問白素現在的情形如何再說。

我不知道白素的遭遇是不是和鄭保雲有關，但既然他們都通過金屬板在傳遞信息給別人，其間自然也應該有一定的聯繫才是。

我連問了兩遍，鄭保雲才道：「你先到了我這裏，事情自然會解決。」

（我仍然只是「感」到鄭保雲的聲音，但為了記述上的方便，我就將和鄭保雲的聯繫當作對話。）

（這種對話方式，乍一看來，有點不可思議，其實也不算太複雜，基本原理，和現在極其普遍的利用電話交談並無不同。）

（聲波變成電波，電波在經過傳遞之後，再還原為聲波，這與人們能在電話中交談的原理相同。這種原理，這種通話方式，說給兩百年之前的人聽，一樣不可思議。）

當時，我十分惱怒：「聽着，我不管你們天龍星人怎樣，要是白素有什麼損傷，你只管走着瞧。」

鄭保雲哼了一聲：「事情相當複雜，你來了，就容易解決，我不知道你何以會肯定白素有事？」

我道：「她曾叫救命。」

鄭保雲遲疑了一下：「恐怕有誤會……是你接收到的信號，如你現在接收我的信號一樣？」

我吸了一口氣：「不是，是一雙少女接收到的。」

鄭保雲看來比我還心急：「恐怕有誤會，要叫救命的是我，她……現在很好，請你快來。」

我不知他遲遲疑疑，支支吾吾，究竟為了什麼，問：「到哪裏去見你？有一個身形十分高大，戴着帽子的怪人來找白素，那是你們天龍星人？」

鄭保雲一聽，發出了一下聽來十分驚恐的低呼聲：「求求你，現在少發問，快點行動。」

我本來還想譏嘲他幾句，因為他在一變了天龍星人之後，很有點看不起地球人的不可一世之態，現在卻又向我求助。但是我卻忍住了沒説什麼，因為白素處境不明，畢竟只有他是唯一可知的線索。

我道：「好，你在哪裏？」

鄭保雲又停了片刻，我連連催促，他才道：「你現在能和我聯絡，應該有一塊……金屬板在手？」

我忙道：「是，那現象很奇妙，那金屬板是什麼……法寶？」

鄭保雲急急道：「你把金屬板緊貼額角，就可以知道該到什麼地方來找我。」

他的「話」，令我感到奇訝無比，他為什麼不直接告訴我要到什麼地方去，而要由金屬板來告訴我？

我遲疑了極短時間，把那塊金屬板貼到了額上。額和金屬板接觸的面積，約莫是額頭的一大半，最緊貼處，是在雙眼之間的前額。我自然而然閉上眼睛，開始時，什麼感覺也沒有，沒有多久，我就看到了很多縱線和橫線，形成一個一個格子。

那些線上，都有着數字，在迅速移動，等到我領悟到那是地球上的經緯線時，移動已變得緩慢，停在一個刻度上，我看到的數字是「1750'10-20'10」。

那數字一閃即逝——金屬板顯示了數字，又緊着貼我的額際，數字不知憑藉什麼力量，一下子就進入我的記憶之中，我「看」到這組數字的時間極短，但已能牢牢記住。接着，我看到的是一片汪洋之中，一個奇形怪狀的小島，那是極高高空的鳥瞰。再接着，高度在迅速降低，小島也在迅速變大，看到了島上的山巒、溪澗、森林，直到只看到一個山頭，山頭上有許多嶙峋的大石，最後，停在一塊看來很方整的大石上。

那塊大石，看來一點也沒有什麼特別，但等我「看」到之後不到半秒鐘，就一片漆黑，什麼也看不到了。顯然，視覺形象的傳遞，到此為止。

我又等了一會，只感到了鄭保雲聽來十分微弱的聲音：「快來，快來。」

接下來，又等了三分鐘，不但什麼都「看」不到，而且什麼都「聽」不到了。

我放下了金屬板，憑着記憶中的數字，打開一本十分詳盡的地圖集，很快就找到了那個小島，那是太平洋中的東加群島的主島東加塔布島，經緯度的交叉點，正是島的中心部分。

我望着地圖，急速地在想：鄭保雲要我到那裏去，忽然之間，事情又和東加群島有關，這未免有點不可思議，難道白素也去了東加島？

但整件事，既然和至少兩種以上的外星人有關，星體和星體之間的距離，何等遙遠，通常以「光年」作為距離的計算單位，地球上，再遠的距離，也都只不過以公里計算，對外星人來說，忽然由菲律賓到了東加群島，也就和地球人走上一兩步路一樣，尋常之至。

我又再把手按在金屬板上一會，沒有反應，想想鄭保雲像是十分焦切，白素又不知怎樣，我實在不應該再呆坐在家裏作假設，不能浪費時間了。

人類的交通工具不但落後，旅行的手續，更是繁複無比，在和外星人有過接觸之後，更感到地球人不但落後，而且愚蠢之極——大家都在地球上來來去去，可是把什麼出境入境的手續弄得費時失事，麻煩之至，真合了「紅人」的批評：地球人有狹窄的天生的排他性。

這時，如果有「紅人」的飛船在，那有多好。我估計不必一小時，我就可以到達東加塔布島，直接降落在那個山頭的那塊大石旁——我相信那就是鄭保雲要我去的地方。

當然我無法有「紅人」的飛船協助，所以結果，我在四十七小時之後，才到了該島南端的富阿莫圖機場，立時租了一輛車，向島的中心部分駛去，好在島不大，地勢也還平坦，一小時之後，已駛上了那個小山頭。

我以前從來沒有到過這裏，可是卻自遠而近，在鳥瞰的角度下「看到」過。所以一切都十分熟悉，那些嶙峋大石塊，看來也絕不陌生。

在這裏，我必須補充的是，當我在離開住所時，我做了幾件事：我留下了字條給良辰美景（她們還沒有回來），告訴她們我有了白素下落的線索，正出發去找她了。我並沒有說出自己的行程，因為怕她們跟了來，由於一切全不可測，她們又膽大易闖禍，還是別招惹的好，在留字中，也叫她們不必擔心，因為白素很有應變能力。

我也留下了字條給白素，因為我絕不能肯定白素是不是也在東加。我告訴白素，我到東加塔布島去——這留字是用我和白素約定的特別密碼寫的，別人絕看不懂。

我在臨走的時候，當然帶着那塊金屬板，而且一直帶着它，希望再能通過它，得到信息，但是卻什麼也沒有得到，反倒替我惹了不少麻煩——在過海關的時候，這塊金屬板，在金屬探測儀上的反應異樣之極，使得海關人員大是緊張。

我若不是有國際警方特別證件，只怕根本上不了飛機，饒是如此，也已大費唇舌了。

所以，當我總算盡我所能，最快地趕到，看到了滿山頭的怪石之際，大大鬆了一口氣。

## 第十一部

# 天龍星的三個叛徒

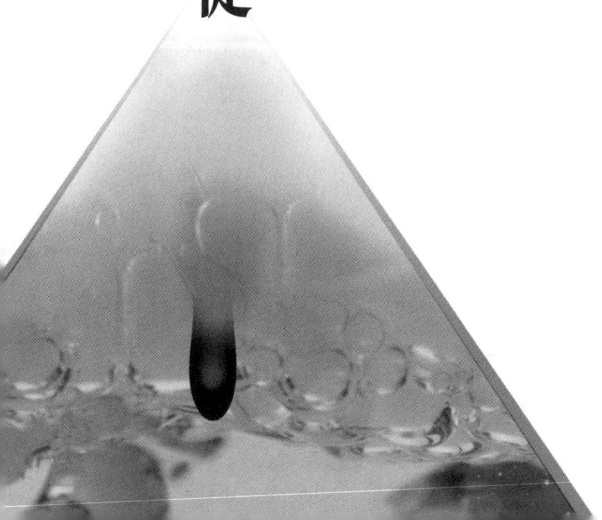

山頭上沒有路，車子跳動得厲害，愈向上去，怪石愈多，我停了車，步行向上，不多久，就看到了那塊比較方整的大石——這次是真正的看到，可是四顧無人，我正想大聲呼叫，突然看到那塊至少有二十噸重的大石，竟然向上掀了起來。

一時之間，我甚至以為自己眼花了。

大石掀起，下面是一個洞，洞中傳來鄭保雲的聲音：「快進來！」

我奔向前，來到洞前，看下去，黑沉沉的，那洞竟像是不知有多麼深，我只是略微猶豫了一下，鄭保雲焦急無比的聲音就又傳上來：「快呀！」

他這樣催促，令我略感不快，但我還是向着那地洞直跳了下去，頭上那塊大石，幾乎立時落下，眼前一黑，身子向下墜了約莫五公尺，跌在一堆十分柔軟的物體上。

四周圍仍是漆黑，只聽到一陣急速的喘息聲，然後，是鄭保雲的聲音：「天！你終於來了。」

我苦笑：「不能有點亮光？」

鄭保雲忙道：「不必……不必了……反正我是什麼樣子，你見過的。」

他的這句話相當怪，但這時我也不及去深究，只是問他：「你像老鼠一樣躲在這裏幹什麼？」

鄭保雲卻不回答我的問題：「你是憑着一塊金屬板，才接收到信號的？」

我「嗯」了一聲，又想問他，可是他又急急道：「把那金屬板給我。」

我的不快，是一點一點積聚起來的，這時，我忍不住大聲道：「喂，你最好弄清楚，不要以為天龍星人有資格呼喝地球人。」

鄭保雲又急喘了幾口氣，我看不到他的情形，但是從喘息聽來，他的處境像是十分不妙，不待我進一步弄明白，他又連聲道歉：「對不起，對不起，我不是故意的，實在是急了，請將那塊金屬板給我。」

我把金屬板取了出來，解釋着：「這是令尊的遺物，藏在那隻白銅箱子的夾層中，『紅人』發現了——」

我說着，還沒有伸手遞向前，手中一輕，那金屬板已被人奪了過去。這令我更加不快，悶哼了一聲。

鄭保雲取過了金屬板之後，也不出聲，只是不斷有喘息聲傳出來。

（假定地洞中只有我和鄭保雲兩人，那麼取走金屬板的，自然是鄭保雲。）

我想，鄭保雲至少應該問我一下我和「紅人」打交道的經過，因為我是被他的奸計所害，留下來給「紅人」，他應當關心我。

可是他卻沒有問，也沒有說什麼，黑暗之中，我看不到他在做什麼，但可想而知，他一定正在利用那金屬板。

我知道那金屬板有十分奇妙的功用，可以接收各種信號，即使我是一個普通的地球人，也可以藉此「聽」和「看」，奇妙絕倫。他是天龍星人，自然更懂得利用這塊奇妙的金屬板了。

他正在幹什麼呢？

我等了大約三分鐘，他還是不出聲，我連聲問了好幾次，才聽得他長吁了一口氣，我循着聲響，大聲道：「你說不說話？你叫我來幹什麼？白素怎麼了？你在搞什麼鬼花樣？」

我愈問聲音愈是嚴厲，因為在一片黑暗之中，一切都顯得詭異，而鄭保雲又顯得行動詭秘，令我的不快迅速增加。

鄭保雲仍然不出聲，我伸手向前，剛才聽他的語聲和喘息聲，就在我面前伸手可及處，可是這時，我已踏前了一步，還是沒有碰到什麼。而且我也注意到，他在吁了一口氣之後，似乎再也沒有任何聲音發出來過，連呼吸聲也沒有。我感到自頂至踵，生出了一股寒意，這個半天龍星人在搞什麼鬼？他神通廣大，有法子離開，將我留在這個漆黑的地洞中，頭上壓二十噸重的大石，這種處境，我絕不會覺得愉快。

我陡然地大喝：「鄭保雲！」

一喝之下，總算有了回音，可是他的聲音，聽來像是從極遠處傳來：「就好了，別急。」

我急急循聲向前走去，才走出了幾步，就有十分柔和的光亮亮起，我發覺自己在一條略向下的甬道之中，甬道很長，至少有五十公尺，在甬道盡頭處，有一個人影站着不動。我飛快地奔近那人，那是鄭保雲，他臉上還頗有驚惶疑惑的神色，把那塊金屬板貼在額上，雙手一起按着，看來十分用力。

他的眼珠本來以一種十分怪異的姿勢向上翻着，望着額上的金屬板，全神貫注。看到我來到了他的面前，才轉動了一下，算是向我打招呼，然後，又向一邊呶了呶嘴，示意我去看。

我不知道他在做什麼，但看他的樣子，顯然正全神貫注在做着一件像是十分重要的事，雖然我心中滿是疑問，但也忍住了不去打擾他，轉頭向他示意的方向看去。

甬道不是很寬，兩邊全是十分平整光滑的石壁，呈一種十分柔和的灰白色，看來像是石頭。我轉過頭去一看，不禁呆了一呆，有兩個人，齊齊整整嵌在石壁之中。

向前奔過來的時候，沒有看到這兩個人，因為這兩個人嵌在石中的情形，奇特之極，相信如果伸手去摸，石壁一定平滑——我真的立時伸手去摸了一下，不錯，石壁平滑之極，有極薄的一層透明體，遮在那兩個人的面前。

那兩人站着，雙手貼着身，面向外，閉着眼睛，當我伸手去摸時，幾乎可以碰到他們的鼻尖。人處在這樣的情形下，當然不會是活人。而當略微定過神來時，雖然情形仍然怪異，但也可以想到，人死了，躺在透明的棺材中，也就是這個樣子。只不過這兩個人的身邊，全是灰色的石頭，看起來有「嵌」進去之感，倍覺古怪。

那兩個人的面貌相當普通，我看了一會，鄭保雲的聲音在我身後響起：「他們死了。」

我轉過身，疑惑之至：「他們是——」

鄭保雲苦笑了一下：「我父親的同伴，天龍星的三個叛徒。」

我盯着鄭保雲：「你對我說過，你在腦結構改變完成之後，曾收到過他們的信號。」

鄭保雲深深吸了一口氣：「他們自知活不成了，就設計了一個裝置，當這個裝置接收到了我發射的腦信號之後，就會回應，把我召到這裏來。」

我思緒一片紊亂：「三個叛徒，什麼意思？」

鄭保雲忽然激動起來，做了一個我意料不到的動作——把那塊金屬板，用力向前拋了出去，拋出了十多公尺，金屬板落地之後，還彈跳了好幾下才停止。

我惱怒：「那金屬板十分有用——」

鄭保雲一揮手：「已經沒有用了，裏面儲藏的所有資料，已經進入了我的腦中。」

他伸出手指在自己的腦袋上重重叩了一下，倒像是那腦袋屬於別人。

我吸了一口氣：「多麼進步的吸收資料的方法。」

我是由衷地感嘆，因為地球人的腦部吸收資料成為記憶的方式，十分落後，一定要通過不斷地看、聽，才能進入腦部的記憶儲藏之中，而且還會經常遺忘。所以，人類要訓練一個科學家，至少要十年以上的時間。

而看鄭保雲的情形，在短短十分鐘之內，他所吸收的資料，多半為數極多，地球人可能要花幾十年時間才能吸收到。

可是他的神情為什麼那麼痛苦？他雙手緊抱住了頭，蹲了下來，將臉藏在雙臂之中。

我正想問，他已抬起頭看，把頭抬得臉完全向上，吸了一口氣，聲音怪異：「吸收了那些資料之後，我更是一個徹頭徹尾的天龍星人，有天龍星人的一切能力，也知道了許多許多天龍星的事，更知道為什麼我父親提也不提有這樣的一件寶物。」

我聽得莫名其妙：「那有什麼不好，你為什麼裝出一副痛苦的樣子來？」

鄭保雲陡然站了起來，用一種十分兇狠的神情瞪着我，我立時伸出拳頭去，抵住了他的鼻尖，他生氣地拍開了我的手：「你什麼也不懂。」

我就是受不了他這種自覺高人一等的態度，冷笑着：「本來倒可以推測一下，可是你又說過這是我最大的毛病。你別忘記，你像老鼠一樣躲在洞裏，向我告急，要我幫助時，語氣是如何惶急。」

鄭保雲的面色變得極難看，過了片刻，他才嘆了一聲：「我們必須是朋友，事情十分嚴重，一定要我們合力，才能應付。」

我冷笑：「我看不出事情和我有什麼關係，除非你再一次把我出賣給不知什麼外星人！有麻煩的是你，你不但只有一半天龍星人血統，而且，你的父親還是叛徒，天龍星人不會接受你。」

我這樣不留餘地，狠狠地數說他，是由於實在忍受不了他那種態度。等到我說完，鄭保雲面色蒼白，我才知道很可能說中了他的心事。

他胸口起伏，又嘆了一聲：「天龍星人會要我，只要我肯——」

他講到這裏，陡然住口，又用力搖了搖頭，向我望來，目光閃耀，神情不定，顯然有着極難下決定的事，而他又非下決定不可。

在那一剎間，我也感到事態可能極其嚴重，是以也緊盯着他。

兩人互望了好一會，他才喃喃地說了一句我早已聽過的話：「你是我的朋友，衛斯理，你是我唯一的朋友。」

我吸了一口氣，點頭。本來我想講幾句話諷刺他一下，但看到他認真而痛苦，我就沒有說什麼。

他面肉抽搐，抬頭向上，咬着下唇——我不知天龍星人身體的結構究竟怎樣，但這時，由他面部肌肉構成的神情，卻和地球人在痛苦煎熬時一般無二。

我嘆了一聲：「你為什麼在痛苦？」

他仍然維持着那種痛苦的神態，我幾次想要催他，都勉強忍住，他像是也知道我性急，一面作手勢，要我別打擾他，讓他想想再說。

我心中充滿疑惑：不知道這個半天龍星人在搗什麼鬼。雖然他一再聲稱我是他唯一的朋友，但是他在我身上所做的鬼頭鬼腦的事，難道還少了？

足足過了十分鐘左右——對於我這種急性子來說，簡直已是忍耐的極限。鄭保雲這才像是有了決定，他徐徐吐了一口氣，有一種無可奈何的苦澀，閉上眼睛一會，才向我望來。

他的第一句話，就令我吃了一驚：「你一生之中，從事過的最大的破壞行動是什麼？」

我愣了一愣：「你是指抽象的破壞，還是指具體的？」

鄭保雲笑了起來：「破壞就是破壞，有什麼抽象、具體之分？」

我道：「當然有，用炸藥炸掉一棟房子，是具體的破壞，用一番話，把別人原來的觀念扭轉過來，就是抽象的破壞。」

鄭保雲十分認真地聽着，「哦」了一聲：「對，是有分別……嗯，具體破壞由你去進行，抽象的破壞，當然由我負責。」

我被他的話氣得不想再生氣，這種語無倫次的話，誰耐煩去生氣？可是他卻忽然又一本正經：「你敢去從事具體的破壞？」

我冷笑一聲：「什麼樣的具體破壞？把天龍星炸成碎片，讓它在宇宙中消失？」

誰都可以聽得出，我這樣說是在諷刺他，可是他居然當真的一樣，雙手連搖：「沒有那麼嚴重。」

他的態度，使我不能不考慮他的話：「你……有什麼行動計劃？」

他沒有立時回答，可是從剛才的經過看來，他是有計劃的，不但深思過，而且，還有相當痛苦的決定過程。他呆了片刻，才道：「很困難，需要……至少兩百公斤烈性炸藥。」

我聽了，一點也不吃驚。本來很應該吃驚，因為兩百公斤烈性炸藥，如果經過專家的佈置，可以在一分鐘之內，把一座二十層高的大廈，夷為平地。可是這時，我只當他在胡說八道，我攤了攤手：「烈性炸藥，那是十分古老的一種破壞方法，你們天龍星人，難道沒有進步一點的方法嗎？」

我微笑着在譏諷他，可是鄭保雲的態度始終十分認真，他先皺了一下眉，突然一揮手，雙眼之中，也射出了光采，向我望來，卻又緩緩搖了搖頭。

他那種鬼頭鬼腦的神態，實在有點很叫人受不了，我也懶得理會，由得他一個人去「表演」，他又咬着唇，揮着手，像是心中的疑難忽然有了解決的方法，高興起來：「對了，你一個人不成，可是有……白素幫你，就可以。」

我悶哼了一聲，白素下落不明，吉凶難料，事情一定和天龍星人有關，他卻還在這裏說風涼話。我沉聲道：「先要找到她再說。」

鄭保雲眉心打結：「她在那裏。」

我陡然在他的耳際，暴雷也似的大喝一聲：「那裏是哪裏？」

鄭保雲被我嚇了一大跳，伸手向我輕推了一下，嘆了一聲：「看來得和你從頭說起不可。」

我大點其頭：「最好是那樣，免得我不耐煩起來，會飽你以老拳。」

我一面說，一面伸拳，在他的面前晃動了一下，他伸手按住了我的拳頭，然後，指了指那兩個嵌在石壁上的人：「從頭說起……他們，和我的父親，三個人，是第一批到地球的天龍星人。」

他頓了一頓：「三個來自天龍星的入侵者。」

我立時想起了「紅人」對地球人的評價，忙道：「怎見得一定是入侵者？」

鄭保雲嘆了一聲：「你聽我說，我現在所說的，全有確切的資料證明——那是我父親留下來的。」

他說到這裏，指了指自己的額。我明白了：「那塊金屬板……告訴了你一切？」

他向我翻了翻眼，一副「你到現在才明白」的樣子。我看出他十分矛盾，一方面，他已變成了天龍星人，對地球人有一種天生的優越感，不時流露出看不起地球人的神態。可是另一方面，他本身一定受着相當程度的困擾。他又要向我求助，自身又痛苦不堪。

我急於想聽他敍述，所以並不和他計較，只當看不見。他吸了一口氣：「他們三個人的任務，是在浩淼的宇宙之中，找尋一個天龍星人可以生存的星體，他們旅程相當遙遠，經過了很多星體，也和不少那些星體上的生物打過交道。」

我想起了那些「紅人」，三個天龍星人的旅程中經過了「紅人」的星體，幹了一件壞事，這件壞事的內容，包括了欺騙、搶掠、控制、敲詐等等——他們弄走了「紅人」首領的「生命之源」。

看來天龍星人的犯罪本能，和地球人不相伯仲，難怪地球是適合他們生存的星體。

我在想着，鄭保雲已經說到這一點了：「結果，發現在地球上，生存環境幾乎和天龍星一樣。」

我忍不住問：「天龍星人為什麼要另尋星體？天龍星太小了，擠不下？」

鄭保雲悶哼一聲：「你是地球人，你應該十分了解是為了什麼？」

我一揚手：「貪婪，還會為了什麼？」

鄭保雲立時承認：「貪得無厭，擴張，無盡止的欲望……這些，地球人和天龍星人是難兄難弟……」他忽然自嘲起來；「這或許是天龍星人和地球人結合，能產生後代的原因？」這個問題，對於鄭保雲來説，實在太敏感了些，我還是不要發表意見的好，所以我只當沒聽見，鄭保雲反倒又感嘆了一陣。

他苦笑了一下：「接下來的事，你想也可以想出來，他們在地球某地，建立了一個基地，開始活動，以天龍星人的智慧，他們可以十分容易取得優勢，但當他們準備向天龍星發出報告，説更多天龍星人可以大舉前來地球時，卻發生了意外。」我聽得相當緊張，雖然我明知結果並沒有「天龍星人大舉侵犯」這件事，但一想到如果真在幾十年之前有這種事發生的話，那麼，地球人除了淪為奴隸之外，沒有第二條路可走了。

鄭保雲深深吸了一口氣：「他們一面忙碌地建立基地，一面由於外形和地球人一樣，所以大可混在地球人之間生活，而處處佔盡優勢，他們漸漸愛上了地球上的生活，尤其是……愛上了……地球……地球……」

他説到這裏，支吾了半晌，我沒有催他，他終於道：「尤其是愛上了地球女性。」

這倒大大出乎意料之外：「這……好像不可思議，天龍星上沒有女人嗎？」

鄭保雲也有點迷惑：「我得到的……資料，在這方面也是不大詳盡，只知道在他們三人的心中，對地球女性的喜愛，超過了天龍星女性很多倍，甚至我可以感到，他們一想到天龍星女人就討厭、害怕，感到不自在，要擺脫羈絆……等等，那絕不是愉快的生活所應有的情緒。」

我仍然莫名其妙：「天龍星女性的外形，難道……十分可怕？」

鄭保雲搖頭：「那也不合理，再可怕，天龍星男人一直看她們，也看慣了。」

我笑：「那是由於沒有比較，一和地球女性比較，就有高下媸妍之分，自然會喜愛合心意的。」

鄭保雲作了一個手勢：「我作過種種設想，最後的結論是……是……」

他又現出了遲疑之色，顯然他對自己的結論，也不敢如何肯定。

我大有興趣，等他說下去。聽他的敘述，若干年前，地球人能免於浩劫，不至淪為外星人的奴隸，似乎全由於外星人愛上了地球女性之故，若真是如此，則地球女人等於挽救了地球。

鄭保雲再吸了一口氣：「我的推論是，在天龍星上，男女的智慧相等，我的意思是，雙方都懂得控制自己腦部活動時放出的能量，所以，互相不能知道對方真正在想什麼。一雙男女，互相在說『我愛你』，是不是真心相愛？是不是有所保留？是不是另有目的？是不是根本討厭對方至於極點……」

我沒有等他再「是不是」下去，就打斷了他的話頭：「簡而言之，雙方都無法知道對方真正心意。」

鄭保雲點頭：「是。」

我笑了起來：「那不算什麼，情形和地球上的男女相處關係，完全一樣。口裏講的，和腦中想的，可以完全不同，誰能知道誰的真正心意？」

鄭保雲望了我片刻：「如果你忽然到了一個地方，那地方的女性，你可以全然知道她們在想些什麼，當她向你說愛你的時候，你可以立即判斷出她是在說真話還是謊話，那種情形——」

我自然而然接口：「真有那樣的地方，那就是男人夢寐以求的天堂。」

鄭保雲用力揮了一下手：「那就是我的推論對了。他們三人，就有自己到了天堂的感覺——他們在地球上，可以任意享受到在天龍星上做夢也得不到的一切，他們知道，這種情形，在天龍星人大舉來到之後，就一定會消失。所以，經過考慮，他們三人，決定叛變。」

我喃喃地：「三個天龍星的叛徒。」

鄭保雲攤了攤手：「其中一個，是我父親。他們決定在地球久居，再也不回天龍星，自然而然，想到了如何傳宗接代——」

我閉上了眼睛片刻，回想着鄭天祿當年「回鄉下」選鄉下女子當妻子的經過。他一定有什麼特別的鑒定方法，才揀到了鄭老太，而且，他也可以知道，鄭老太在給他看中的時候，一定對他奉上了鄉下少女的百分之一百的感情（每一個男人都夢想的），鄭天祿在地球上的生活，自然快樂莫名。

鄭保雲繼續道：「他們的困擾只有兩件事，一是在身體結構上，和地球人多少有點不同，要小心掩飾，那並不困難；如何避免天龍星上派人來追尋他們，這才是最大的麻煩。」

我等着鄭保雲講下去，他嘆了一聲：「一直到他們生命結束，也沒有遇上這個大麻煩，他們很幸運，可是麻煩卻到了我的身上。」

我盯着他：「天龍星上終於又派了人來？」

鄭保雲點頭：「一直在找他們，沒有找到，他們隱藏得好。在這裏，我很安全，我現在也學會了如何控制腦部活動，可是第二批來的人，已經知道了我的存在，他們要找我，要把我……」

他說到這裏，十分悲哀地搖了搖頭：「我不知道他們會把我怎樣，可是我卻絕不想被他們找到。」

我表示了適度的訝異：「你已經選擇了做天龍星人，自天龍星上來的人，是你的同類，你一定要見他們，不能一直躲避。」

鄭保雲眨着眼，有深藏的狡獪，我立時想到了他在想什麼，着實吃了一驚。也由於料到了他有驚人的犯罪意念，所以我自然而然壓低了聲音：「第二批……天龍星人，來了幾個？」

鄭保雲也壓低了聲音：「還是三個。」

我緩慢而深長地吸了一口氣：「你是想——」

我做了一個「對付」的手勢，鄭保雲神情緊張，臉色煞白，點着頭。我迅速轉着念，天龍星人既然對地球有那麼可怕的侵略意念，借助鄭保雲的力量把他們消滅掉，自然再好不過。

鄭保雲也已經和天龍星人一般無二，但他畢竟有一半地球人血統，而且，他在地球長大，不會再去引進大量天龍星人來。

我想了片刻：「你能對付他們？」

鄭保雲搖頭：「你去對付，你和白素，我知道你們兩人能對付一切危難。」

我屏住了呼吸，盯着他看。在那霎間，我想到的是：他心中究竟在想什麼，我不知道。但是我在想什麼，他完全可以知道。

他若是要利用我，出賣我，我沒有絲毫可以為自己打算的餘地。

現在，他要我和白素去對付第二批三個天龍星人，表面上的理由，是為了不想令天龍星人的勢力在地球上擴展。因為三個天龍星人，是找到他也好，找不到他也好，都會繼續三個背叛者未完成的事。

自然，像鄭保雲所分析的那樣，天龍星人對於在地球生活，感到極度的優越和滿足，那三個天龍星人，也有可能步後塵，也背叛天龍星。

但那只不過是「可能」，如果這三個天龍星人忠於天龍星，執行天龍星的擴張計劃，地球人就面臨大悲劇。

所以，我和白素，只要有可能，都應該盡一切力量去對付天龍星人。

然而，鄭保雲是不是另有目的，我卻一無所知，因為他的智慧力遠遠超過我。

我心念電轉間，鄭保雲長嘆了一聲：「你必須相信我，除此之外，我看你也沒有別的辦法。」

我承認他這句話有道理，又想了一想：「面對面用武力對付？剛才你提到了兩百公斤烈性炸藥……」

鄭保雲道：「他們也建成了基地，我的計劃是把整個基地，連他們三個，一起毀去，那麼，至少要八十年到一百年，才會有第三批天龍星人來，到時，地球上或者有足以應付的力量了。」

我沉聲道：「看來你完全忘記了自己有一半天龍星人的血統。」

鄭保雲苦笑：「你以為我剛才那些痛苦的神情是假裝出來的？我翻來覆去，不知思考了多久，最後才有了現在的決定。」

我再追問一句：「不見得是你一半地球人的血統，促使你有了這樣的決定吧？」

鄭保雲道：「不……我想不是。」

我不禁有些緊張：「那麼是什麼使你下了決心？」

鄭保雲用力一揮手：「我為什麼要回天龍星去？到了那裏，我只不過是一個次等天龍星人，在地球上，我卻是一個超等天龍星人，我可以在這裏……為所欲為，如果我願意。」

## 第十二部

# 假充半天龍星人

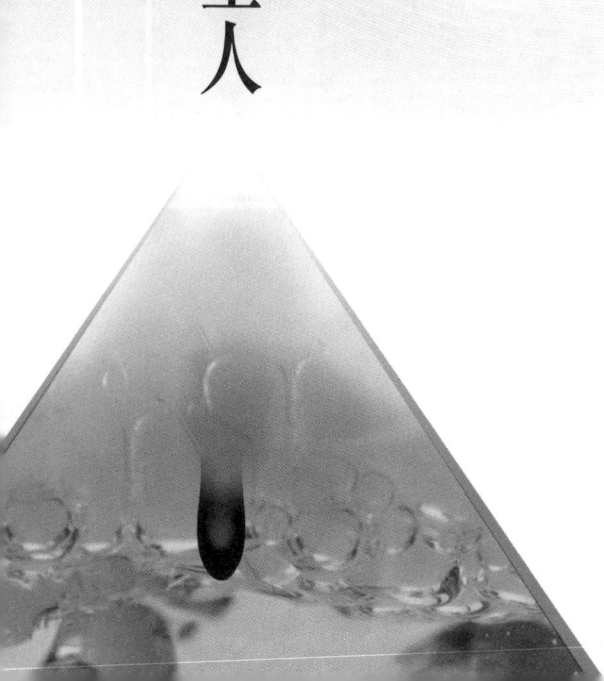

我冷冷地道：「從你像老鼠一樣躲在地洞中的情形來看，你到天龍星去，只怕不單是『次等人』那麼簡單。」

光線十分柔和，可是鄭保雲的臉色難看之極，顯然他被我說中了心病，我雖然沒有捕捉他人腦部活動能量的能力，但多少有根據他人的言行來判斷他心意的能力。鄭保雲先喃喃說了一句我沒聽清楚的話，然後指着我：「你簡直不是地球人。」

我聳了聳肩：「誰知道，或許我十七八代之前的祖宗，也有外星人的血統——或許這也就是我一直討厭地球人思想行為的原因。」

鄭保雲苦笑：「別開玩笑了。」

我催他：「說說你被你們自己人找到之後的處境。」

鄭保雲很想「顧左右而言他」，可是我注視他的目光十分凌厲，令他無法逃避。

他道：「他們……在紅人找到我的時候，他們之中，有一個離我極近……大約只有幾公里……」

我暗中吞了一口口水，人和人之間，若是相距幾公里，那還不是危險。但是他們之間，由於都有接收他人腦能量的本領，幾公里就和幾公分一樣，是極危險的距離。

鄭保雲續道：「所以，我知道了一些那個天龍星人的想法，他……他們甚至已替我取了一個代號：『第一號觀察品』。」

他在說出自己的代號時，語帶哭音，神情痛苦，身子在發着抖。

我一聽這樣的「代號」，也不禁低呼了一聲，對他充滿了同情。

他一心以為自己是天龍星人，而他也確實有一半天龍星人的血統。可是，天龍星人卻根本不當他是什麼，只當他是一種「觀察品」，可想而知，他落到了他同類的手中，根本連人的地位都沒有，只是實驗室中的觀察品，說不定，說不定……

我想到這裏，打了一個冷戰，沒敢再向下想，倒是他自己知道我在想什麼，接了下去：「說不定，關在籠子裏讓天龍星人觀察，就像動物園中的……怪物。」

我緩緩吸了一口氣，他又重複着那句話：「你是我唯一的朋友，你必須相信我。」

他道出了自己可能會遭遇的可怕處境，這令我很感動。我在前面的敍述中，提到過，若不是基於我相信他真的只有我這一個朋友，一切事情，可能大不相同。這時，我毫無保留，把他當作朋友，不再懷疑，這才有了以後一連串事態的發展，若是稍有懷疑，事情會怎樣，全然不可預測。

我伸出手來，和他緊握着，兩人的手都冰涼——大家心中一樣緊張。

我道：「基地在什麼地方？」

他猶豫了一下：「我還未能確切找出來，白素……在你家裏出現的那個高個子，是他們三人中的一個，白素十分機警，一定看出了毛病，所以冒險把他引開去了。」

我搖頭：「沒有道理，天龍星人沒有道理找到我們家裏來的。」

鄭保雲道：「大有道理，那塊金屬板有微弱的信號發出來，他們可以探測得到。」

我陡然一驚：「我帶金屬板來找你，那豈不是把他們也帶來了？」

鄭保雲道：「不會，我和你通過金屬板取得聯絡之後，我已經用我的腦能量，擾亂了信號，使他們無法跟蹤，所以，這裏很安全。」

我發急：「那麼白素她——」

鄭保雲道：「極有可能在他們的基地中。」

我不禁頓足，天龍星人有着和地球人一樣的奸詐詭騙的性格，不像「紅人」那樣善良，絕不容易對付，難怪良辰美景會收到白素求救的信號。

我忙道：「基地在哪裏總有一點概念吧？」

鄭保雲搖頭：「一點也沒有，可以在地球上任何角落，甚至可以不在地球上。」

我突然想到了一點，伸手指着他：「可以找到基地，只要拿你做餌，你讓他們找到，他們必然帶你到基地去，那不就知道了。」

顯然我才一想到，鄭保雲就知道了，所以他垂着眼瞼，半閉着眼，神態看來有點卑鄙，悠然道：「不是我做餌，你做餌。」

我立時明白了他的意思，用一下悶哼聲逼他抬起頭來望向我。我們又對望了片刻，我才道：「他們分得出誰是純地球人，誰是一半天龍星人。」

鄭保雲道：「可以通過一些小裝置，使他們暫時分不出來——自然，也要靠假冒者的機智，他們一直沒有看見過我，只要你有一些信號發出來，讓他們接收到，他們就不會懷疑。」

我把手按在肚子上：「他們不會來……摸我肚子？」

鄭保雲十分氣惱：「會，當他們要解剖你之前，我相信你不應該給他們這種機會。」

我不禁感到了一股寒意：「你自己為什麼不去？」

鄭保雲吸了一口氣：「我的破壞力不如你，記得當年你要上我的船，我就無法阻止你。」

我糾正他：「不是破壞力，是應付惡劣環境的能力。」

鄭保雲道：「是什麼都好……還有一個十分重要的關鍵，三個人……到了我有必要非對付他們的時候，我會想到，我有一半是天龍星人，可能會……在行動上有所猶豫，雙方之間強弱本就相去很遠，那就更加容易吃虧，而你就沒有這種血統上的糾纏。」

本來，我對於鄭保雲要把我當成「餌」，去引那三個天龍星人把我帶到基地去的計劃，多少還有點不滿。雖然為了和白素會合，我一定要那麼做。

這時，他又誠懇地說出了這一個解釋，我對他的坦誠，相當感動。

他說得很委婉，但已經說得十分透徹。他畢竟有一半天龍星人血統，如果敵對的情形尖銳（看來那無可避免），到時，他會猶豫不決，不知如何行動。

我點了點頭，又在他肩頭上輕拍了兩下，表示同意：「那麼，你負責——」

他不等我講完，就道：「我要盡量不讓他們發現，然後在暗中行動。」

我想了一想，沒有再問他如何在暗中行動，和做些什麼，因為一開始行動之後，究竟會發生什麼事，全然不可測！我只是道：「好，把我裝成是你！」

他看來早有準備，取出了兩個相當奇怪的東西來，形狀像是一隻耳朵，向我作了一個手勢，示意我走向前去，我走近他，他把那兩個東西，一邊一個，套向我的耳朵，恰好套在外耳上，然後，他又在那東西上拉出一股細線來——貼在我的頭皮上。

他在做這些時，我並沒有什麼異樣的感覺，可是心裏卻感到古怪，禁不住苦笑：「我現在算什麼？科學怪人？甚至還不是地球上的，是天龍星科學怪人！」

鄭保雲十分嚴肅：「這副裝置，可以把你的腦活動能量，擴大到接近天龍星人，他們一接收到，一定以為你是他們要找的人。」

我伸手去摸自己的雙耳，那一副「耳套」像是金屬片，摸上去相當硬，我又不禁苦笑：「我的樣子變得很怪，他們——」

鄭保雲像是對我這種話不耐煩：「他們從來也沒有見過天龍星人和地球人混血兒是什麼樣子，你只管放心！」

我心中略有不快，但轉念一想，既然自願如此，也不必提太多抗議，只是再問了一句：「我需要做些什麼？」

鄭保雲有些疲倦的神情：「什麼也不用做，他們自然會來找你……嗯……

不過，離這裏遠一點……對我來說，比較安全。」

我深深吸了一口氣，向上指了一指，他作了一個手勢，示意我自己走出去。

我一面向前走，一面在想：現在我行動的基礎，是我完全相信了鄭保雲的話。

而鄭保雲的話，是不是事實，我無法有任何事實的依據。要是他騙我，那我就給他一騙到底，絕無翻身！

這種情形，違背我一向行事的原則，這也是我不斷向鄭保雲發出他聽來十分無聊的問題的原因之一——我總想弄清楚一些什麼，但卻無由着手。

我甚至想到，若不是白素捲進了漩渦，事情根本和我無關，由得鄭保雲去做「第一號觀察品」……由得天龍星人大舉入侵，都和我沒有直接的關係。

但現在，即使只是為了白素，我也需要做任何事。

走過了甬道，來到了那黑暗的空間中，背後傳來鄭保雲的聲音：「大石一移開，請你盡快離開！」

我悶哼一聲：「知道！如果我動作遲緩，可能導致你暴露！」

鄭保雲發出了一下不置可否、聽來十分曖昧的聲音。我也回以一下悶哼聲，這時候，我感到自己是一個身上綁了炸藥的小兵，一個敢死隊員，被他這個指揮推出去做犧牲品！

（人類行為中，這種情形十分普遍，結果也永遠是：小兵粉身碎骨，完成任務。指揮者升官發財，享受成果。）

（這種行為，絕不單是發生在戰場上，幾乎任何場合都可以發生。）

（想不到鄭保雲也善於此道，那是他一半地球血統使然，還是一半天龍星血統使然？）

突然之間，眼前一亮，頭頂上，那塊大石移開，光柱才一射下，我就向上彈跳，雙手攀住了洞口，疾翻了上去，才一出洞，大石便已回復了原狀。

我在大石邊上，呆立了片刻——日落時分，小山頭上，看出去景色十分壯麗，我來到了車前，駕着車直赴機場，鄭保雲曾叫我離得遠一點好，我自然想到應該搭飛機離去，反正不論我在哪裏，有精密接收儀器的天龍星人，總可以找到我的。

在機場休息了幾小時，才有飛機，登機之後，機上乘客極少，目的地是檀香山。我反正沒有目的，飛到地球上任何角落都一樣。

在機上的幾小時，倒令我好好睡了一覺，下機之後，正決不定行止，心想好久沒有什麼都不做，只是享受陽光海灘了，本來這倒是好機會。可是白素始終下落不明，卻又沒有這個心思。

想了片刻，來到公共電話前，心想先打個電話回去問問再說，要是白素已經回家了，我的行動計劃，自然也可以改變。

（我始終不是很喜歡現在的行動計劃。）

電話只響了兩下，就有人接聽，那是溫寶裕的聲音，聽來焦急：「喂喂！找誰？」

我沒好氣：「找你！你什麼時候變成了接線生了？」

溫寶裕這時大叫了起來，同時，在電話中，我還聽到了驚天動地的呼叫聲，和許多人爭着說話的聲音。自然，實際上，我知道，只有四個人而已。

亂了足有兩分鐘，我才聽得溫寶裕在叫：「我們全都在，組成了一個營救小組——」

我忍不住大喝一聲：「少瞎起鬨，勒令該小組立即解散，什麼行動也不准有！」

電話那邊總算靜了下來。我不由自主以手加額，不敢想像這四個傢伙，把我的書房弄得亂成了什麼樣子！

然後，是胡説的聲音：「可是——」

我再度大喝：「別可是了，我已經有了頭緒，很快就會有結果！」

一陣歡呼聲傳來，良辰美景急急搶着講了許多話，可是我一句也聽不清——她們説得太急太快了，最後，她們兩個一起説的那句，倒聽清楚了：「有什麼要幫忙的？」

我大喝一聲：「有，求求你們，離開我書房！」

我本來想知道白素是不是已經回來，如今，顯然不曾，我也不想和這四個小傢伙多糾纏下去，所以，話一説完就按斷了電話，那時，仍然手持着電話聽筒，沒有放上去，為了剛才電話中的那一陣亂，我吁了一口氣，也就在這時，突然，在電話聽筒中，傳來了一個十分微弱，但相當清晰的聲音：「我們找到你了，你何必逃避？你是我們的同類！」

我陡地吸了一口氣，定了定神，這才發現聲音其實並不是從電話中傳來，而是我「自然而然」聽到的，我放下電話，想着：我是半天龍星人，我本來一直在逃避，現在，我不必逃避，我是他們的同類，至少是一半同類！

人類非常習慣於「言語欺騙」，對於「思想欺騙」不是很習慣，我努力學習，看來很有成績，我立時又聽到了聲音：「對啊，你根本是我們自己人！」

我又想：「自己人……我們是不是應該見見面，不過……我還是有點怕……」

當我想到我忽然態度大變，可能會令他們起疑時，便又故意想到害怕，這種弄虛作假的伎倆，本來就是人類行為中最慣見的，我自然也不例外。

那聲音提高了：「怕什麼？」

我沒有想回答，只是在思緒上表示了一片茫然。

那聲音繼續傳來：「你停在現在的地方，別動，嗯，你是在……在……知道你在哪裏了……嗯，三十分鐘後，就會有人到你身邊！」

我不由自主地抬頭向天空看去，我明知我當時，絕不能胡思亂想，可是我卻不由自主的想：他們現在在什麼地方？三十分鐘？是不是在三十分鐘內，他們可以到達地球上任何角落？

我沒有完全遵照吩咐「停在現在的地方」，而是到了一個沙灘上，因為我知道，幾公里的距離，對他們來說，全然不算什麼。

在濃密的樹蔭下，我半躺着，海水在閃着光，我等着天龍星人的出現，心情緊張。沙灘上人不多，自然不會有人想到，在這個靜僻的沙灘上，會有一場地球人和外星人的鬥爭。外星人處在絕對的優勢地位，地球人則憑藉與生俱來的狡詐本能，與之周旋。

沒有多久，在我的身後就有聲音響起，這次，是實實在在，經由耳朵傳進來的聲音，而不是「感到」的。有人到了我的身後，在說着：「終於找到你了！」

我慢慢轉過身來，看到身後站了一個個子很高的人，戴着一頂帽子，把臉面遮去了一大半，膚色看來蒼白，我站起身來，心中想：這是不是就是白素見過的「怪人」？

當我在這樣想的時候，我思緒之中，自然湧出對白素的思念和牽掛，也就在這時，我面前的那人（自然是第二批來到地球的三個天龍星人之一）已經知道我在想些什麼了！

（那真是可怕之極的情形，你一想什麼，人家就知道了，我再說一遍，那可怕之極！）

我無法掩飾我思緒中的恐懼，那天龍星人自然也可以知道我在害怕，但是他卻無法進一步知道我為什麼害怕，我想他會以為我是害怕和他見面。

所以他道：「你不必怕，你的妻子很好，天龍星人有沒有第二代的……混血？」

我吞了一口口水：「沒有……我的妻子……」

那人悶哼了一聲：「她不知道你的情形？」

我說道：「是！是！其實和她一點關係也沒有——」我在這樣說的時候，

當然思想上表現得關切極甚，那人又哼了一聲：「看來你對這個地球女人很着迷？」

我非但不敢說什麼，連想也不敢想什麼，強迫自己變得木然。那人道：「事情十分複雜，有很多事要在你身上找到答案！」

我作了一個手勢：「在這裏？我看……應該到……我們的基地去。」

我在說「我們的基地」時，本來想說「你們的基地」的，但是一轉念之間，還是改了口，就這樣一轉念，對方也已經知道了，他伸手在我肩頭上重重拍了一下，像是在嘉許我：「對了，我們！你是天龍星人！」

我說道：「是！是！我是天龍星人！」

那人深吸了一口氣：「到基地去，可以讓你知道天龍星人的進步，地球人的落後！」

我連連點頭，盡量使自己的思想，表示對天龍星進步的仰慕——要做到這一點並不困難，因為我真覺得天龍星人進步，地球人落後！

他作了一個手勢，示意我跟他走，到了路邊，有一輛車子在，他先讓我進去，然後，他坐到了駕駛位上，那輛車子的外形，看來和普通的汽車一樣，可是內部結構奇特之至，內在空間十分小，外面看來是一輛中型汽車，內在空間，兩個人已十分擁擠，要屈起身子來。車內全是各種各樣的儀表裝置。

那人按下了幾個掣鈕，車子先是以普通速度向前駛去，他道：「這輛車子，地球人再造二百年也造不出來。」

我想問：「車子速度多少？何以你一下子就能來到海灘邊？」，但還沒有開口，那人在一幅熒光屏上，看到公路上十分靜僻，就道：「坐好！」

他一個「好」字才出口，車身像是震盪了一下，可是究竟發生了什麼變化，我一直說不上來，就在不到十分之一秒的時間中，車外的一切全已改變——本來是在公路上的，忽然進入了一大團的白雲之中，什麼也看不見，只見濃白的雲包圍在車身之外。

而那也至多不過兩三分鐘，車身又震動了一下，在極短的一剎間，有極快速下沉的感覺，那種感覺，會使得人身體十分不舒服，像是五臟六腑都在翻騰，要裂體而出！我只覺眼前金星亂竄，張大了口，鼻尖汗出如漿，面色自然也難看之極！

那人向我望了一眼——他帽子一直壓得十分低，上了車之後才抬高了些，由於我只顧着車子內部的情形，而且車子又立即起了變化，所以並沒有注意他。這時，在極不舒服的情形下，他向我望來，才看清他神情嚴峻，雙眼之中光芒淩厲，兇狠懾人。他盯着我，冷冷地道：「我以為你已完成了天龍星人的體能改造！」

我忙勉力運氣，鎮定心神：「是……可是……究竟不是很習慣，不是很適應，慢慢會好！」

那人現出了一閃即逝的不屑神色：「是，你畢竟只是半天龍星人，改造你體能結構，雖然有效，也要慢慢來……要是你是地球人，早已支持不住了！」

我當然是地球人，而這時，也到了我所能支持的極限。我比普通地球人強，因為我自小就接受過嚴格的中國武術訓練，能在最惡劣的環境之下生存。

幸好這一段急速下降的時間並不長，不然，我也無法繼續冒充下去，我連想都不敢想自己是地球人，而不斷告訴自己：「完成過體能的改造，我可以適應，可以適應！」

這時，車子外面，已不再是白色的雲團，而是藍色的一片，我要向小小的車窗外連看了五六眼，才能肯定我看到的，其實是一種十分普遍的現象！那一片藍色，是海！我們已經來到了海底下！

我不禁失聲：「我們的基地……在海底？」

那人冷冷地道：「我相信，你父親……他們建立的基地，也在海底！」

我搖頭：「我不知道！」

我是真的不知道，完全不必作偽，那人當然也深信不疑，所以沒有再問我。

天龍星人可以輕易知道地球人的思想活動，可是他們卻沒有想到，思想活動，也可以作偽，真正想做的事，想都不會想，而不想做的事，想之不已，那麼，天龍星人獲得的一切信息，就都只是錯誤資料！

也沒有覺得「車子」是在前進，突然眼前一黑，又不知身在何處，推測走進了一個海底的岩洞之中，又過了極短的時間，又有了光亮，先是看到一隻相當大，直徑足有三公尺的地球儀，正在懸空轉動。一看到，就像是置身太空，看到了地球一樣。

我呆呆地盯着看，那人道：「到了！這是我們在月球上安裝的儀器，發射的立體投影。」

我吞了一口口水，明白他意思。這個地球儀是一個氣體的虛影，由他們在月球上的一個裝置，投射到這裏來而形成。

對地球人來說，這比較難以理解。地球人最多理解在美國加州的一些儀器裝置，發射信號，使亞洲台北的人可以在平面上看到一場球賽——那也只是近代地球人才能理解的事。

我是半天龍星人，所以我不應該太表示驚訝，但我又一直沒有離開過地球，所以我又應該表示驚訝。我一句話也沒說，但是由於我想的正是如此，所以那人也感到我的正常反應，應該如此。

我出了車子，看到了一列相當大的儀器裝置。那果然是一個極大的岩洞，在儀器裝置前，有兩個人，正在操作，那人來到我的身邊，示意我向前走去，我忽然想起了一件事，問：「我們要回去，用什麼交通工具？就上……那車子？那是宇宙飛船？」

那人十分不屑：「當然不是，另外有宇宙飛船。」

我索性裝傻：「我們現在就在宇宙飛船的內部？」

那人卻不再回答，帶着我來到那儀器之前，我忙道：「我妻子呢？」

那三個一起皺着眉，還是那個帶我來的開口：「你對一個地球人那麼關心幹什麼？」

我想不到他會說出這樣冷酷無情的話來，嚇了一跳，還沒有回答，他又道：「根據可靠資料，第一批三個天龍星的拓荒者，變成叛徒的主要原因，就是因為對地球女人的迷戀！」

我不敢再說什麼，可是內心的焦急瞞不過他們，那人像是作了一些讓步：「只要你把知道的全告訴我們，可以讓你們再見面！」

這時我索性做假做到十足，我一面想，一面問：「我能……帶她到天龍星去？」

那三個天龍星王八蛋互望了一眼，從他們的神色之中，可以看出他們認為我的要求荒謬絕倫，可是那人居然道：「沒有……問題吧！」

他們以為我很容易被騙，可是到目前為止，都始終是我在騙他們。

我假裝心中十分高興，那人問：「這些日子，你躲在什麼地方？何以我一直找不到你？」

我立時想到了東加島上的那個地洞，再道——當然，故意這樣想，因為我知道，鄭保雲一定已離開那地方，那地方沒有作用，我立刻想到那地方，可以令他們更相信我。果然，三人一起發出了「啊」地一聲，一個迅速按下了很多掣鈕，在一幅熒光屏上，現出了我曾經「見」過的景象來——從空中俯視，由遠而近，直到那個山頭，那塊大石。其中一個，立時離去，走向停在岩洞中的那輛「車子」，進去。

我會意着，想看車子是怎麼離開的，可是沒有用，車子前百分之一秒在岩洞中，後百分之一秒，就消失無蹤。那是一種什麼樣的移動方式，可能遠超乎地球人對「移動」這個觀念之外！

那人向我嘉許地點了點頭：「你比你父親好，你父親竟然背叛了自己的星體，真正愚不可及，在那地方，一定有他們蒐集的很多資料！」

我努力使自己的思緒一片混沌，什麼也不想。

那人皺了皺眉，神情十分可怕，又道：「你同情你父親的作為？」

我忙道：「不！不！我不知道！」

第十三部

# 生死繫於一念

那人哼了一聲：「什麼叫不知道？你不知道你父親當時做了些什麼？」

他這樣聲色俱厲地問我，令我起了極大的反感，那人立時就覺察了我的情緒，他眼中精光四射，有一股懾人的力量，用手直指着我：「你對我不滿，在這裏，我是天龍星最高領導——」

我一聽得他那樣説，實在無法再控制自己的「思想」，實在，我只覺得訝異莫名。一直我都以為天龍星人智慧高，科學進步，比地球人先進了不知多少！可是這時那人的話，卻是地球人聽慣的最落後的行為！

剎那之間，我突然也笑起來，那人的神情極怒，但是他愈怒，我愈是覺得滑稽，笑得前仰後合，再也不可遏制，那人和另一個人，先還只是狠狠地盯着我，但在我笑了約莫兩三分鐘之後，另一個人先忍不住了！

（這也是地球人的行為——當「領導」受到了奚落嘲笑，必有一些人「忠君勤王」，義憤填膺地站出來，為高位的人説話。）

另一個大喝一聲：「你再笑！」

我笑得幾乎連氣也岔了過去，掙扎着叫：「我……不知在天龍星，笑都不讓笑！」

我的話才一出口，那另一個一步跨向前，揚手就向我臉上拍過來，一面還在喝：「叫你笑！」

老實說，我在來的時候，真是不知如何才好，一是沒有把握，緊張之極，心虛得很。可是想不到，一共是三個天龍星人，一個離去，剩下的兩個，卻使用典型的地球人行為來對付我！這種行為我太熟悉了，自然也容易應付之至！

另一個手才來到我的臉旁，反手一刁，我已扣住了他的手腕。由於對方是天龍星人，所以我一上來就全力以赴，用的力道極大，一抓住了他的手腕，立時一抖一扭，只聽得他小臂上發出「啪」地一下響，天龍星人的臂骨，並不堅韌如鋼，也和地球人差不多，一下子就被我扯斷了！

他發出了一下驚人之極的慘叫聲，那一直在和我說話的那個，在開始的十來秒之際，也不知由於驚恐，還是由於憤怒，竟然呆了！

等到他的同伴臂骨斷折，他才又發出了一下驚叫聲，轉身向那一組控制儀器奔去，我不知道他想幹什麼，但知道一定要盡量阻止他的行動。

我用力一推，把斷了骨的那傢伙，推得斷線風箏也似，向前跌去，直撞向那人，那時，那人已奔到了一組儀器之前，猛拍下了一個掣，有一件不知什麼東西彈了起來，他接在手中。

他的動作也極快，可是一切全在他背對着我的情形下進行，他只是憑感覺可以知道有人向他背後疾撞了過來，可是他無法知道那是誰。

從接下來事態的發展來判斷，我想他當那是我，他一面疾轉身，一面就揚起了手中拿着的那個像方盒子一樣的東西，有一股精光，倏然一閃，我看得十分清楚，精光雖然一閃即滅，但在閃動之際，精光卻自那另一個天龍星人的頭部穿射而過！

我仍然不知道發生了什麼事，但是知道我的處境大糟特糟，看來那人手中的那東西，是一種十分厲害的武器！我想要閃身躲避，那被精光射中的人，發出了一下慘叫聲，身子已然倒地。

我和那人之間，再無阻隔，相距不過五公尺，他手中的那個可以射出精光的東西對準了我，我只覺得全身猶如浸在冰水之中，一動也不能動，一股徹骨的寒冷和恐懼，令我僵呆。

那人的神情猙獰之極，這時，他先是盯着我，可是在極短暫的時間中，他的視線，向倒在地上的另一人望了過去——這是十分正常的行為，他發現我站着，就必然知道自己剛才殺錯了人。

那另一個人倒地之後，一動不動，看來凶多吉少，雖說那人只是無意的誤殺，可是死了的是他的同伴，他總要去看一下的。

那人看到了倒在地上的同伴，面肉抽搐，樣子更是難看之極。

我絕未想到，到了這裏之後，和白素未曾見面，變故就已經發生，這時我正處於極度的劣勢，我唯一可以佔上風之處，就是那人殺了一個自己人，他心中這時，一定又害怕又亂。

我突地叫了起來：「你殺了自己人！」

我完全無法估計我這樣叫會有什麼後果，但是我非叫不可，我一定要做點什麼，因為我如果只是呆立着，當他的視線自他同伴的屍體上收回來時，一定會攻擊我！

他震動了一下，可是狠勁更甚，凌厲之極的眼光射向我：「你是什麼人？你不是我要找的人，你根本是地球人！」

他連講了三句，一切變故全來得那麼突然，我自然不再顧及「控制思想」，而他在那麼混亂的情形下，居然還能知道我在想什麼，立時揭穿了我的身分，那也十分令人佩服。

這時，我已豁了出去，非但不避他，而且，還向他逼過去，我跨出一步，他像是料不到我會有那樣的行動，厲聲喝：「別動！」

我站定，也大聲叫：「我是地球人，是白素的丈夫，我妻子在哪裏？」

那人在盛怒之中，陰狠地現出了十分卑視的神情，通常，一個控制了局面的人，如果現出了這種神情，那就表示他要採取進一步行動了！

我剛想把着定了的勢子，作孤注一擲，向前撲去，突然又聽得另一下驚呼聲，震得岩洞之中，大起回音！

這一下，真是意外之極，岩洞中只有我和那人，我們兩人都沒有出聲，為何會有驚呼聲傳來？難道是另一個人沒有死？

在那一剎間，我們兩人全是一樣的想法，所以一起向倒在地上的另一人看去，那人一動也不動，驚呼聲顯然不是他發出來的。

而視線一轉，我也看到，那幅熒光屏上，有一張十分驚駭的臉，正張大了口，驚呼聲顯然就是他發出來的！那就是駕車離去的那個！

我正好面對着熒光屏，所以看得十分清楚，看到那人已經入了地洞，也對着一幅熒光屏，在那幅熒光屏中，隱約可以看到，顯示的正是這個岩洞中的情形。

那也就是說，不論地洞和岩洞隔多遠，他們有先進的裝置，可以互相看得到，而且不但是看到景象，連聲音也可以聽到，因為在一下驚呼聲之後，就是急速的喘息聲，顯然岩洞中發生的事，令那人震驚。

而與我對峙的那人，卻背對着熒光屏，看不到發生了什麼事，可是他顯然由他同伴的腦部活動能量中，知道了一些事實，他現出了極驚恐的神情來，雖然只是一閃即逝，但是也使我靈機一動，我對着熒光屏，指着地下死了的那個，大聲叫：「他殺了人！殺了自己人！」

我在事後想，「殺了自己人」這個罪名，在天龍星人的行為之中，一定是一種極嚴重的罪行，要不然，那自稱「領導」的傢伙，怎麼會一聽之下，便如此舉止失常，不顧一切，要在他同伴面前為他自己辯護呢？

我的話才一出口，他竟然轉過身去，對着熒光屏叫出了一句音節極快，我聽不懂的話。一看到他背向着我，我怎肯放過這個千載難遇，絕處逢生的機會。我身子騰起，直送向前，閃電也似來到了他的背後，一探手，已抓住了他握武器的手臂，他反應也算是快的，立時將彎臂向後，攻擊我，力大無窮，一下子將我的手掙脫。

可是我同時已伸足一勾，他一個站不穩，向前仆跌出去。

在他手中的方形小盒中，又是精光一閃，那一閃，精光閃向熒光屏。那種一閃即逝的精光，破壞力極大，熒光屏後，響起了一連串的爆音，畫面立時消失，在這之前，只聽得到了地洞的人，還發出了一下驚呼聲。

我不容他再有機會轉過身，雙足踢出，身子躍起，第一腳重重踢中了那人的後腦，令那人仆跌之勢加快，第二腳，在他仆倒之後，重重踏在他的後腦上。

這時是生死一線的搏鬥，我的情緒不是很正常，一面重重一腳踢上去，一面怪聲叫着：「你是領導！我要聽你的話！」

同時，再飛起一腳，把那人手中的小方盒，踢得飛跌開去，我身子翻滾，撲向那小方盒，才將小方盒抓在手中，那人在受了這樣的攻擊之後，居然搖搖晃晃站了起來！

我大喝一聲：「別動！」

我手中握着小方盒，對準了他，他向我望來，不敢再動。這時，我已經摸到小方盒中有一個圓形的凸出，猜想多半只要按下那凸出點，就會有壓力強大的精光一閃，被精光射中，可以造成任何破壞。

但是那只是一隻四方盒子，不像是一柄槍，有槍嘴，可以肯定這子彈會向哪一個方向射出去。

我也沒有時間低頭去研究，因為在我面前的敵人，非同小可，我視線必須一直盯着他，不能有十分之一秒的懈怠。我不敢按下那個掣鈕，因為弄不好，一按下掣，精光射出，射向我自己，那就變成最悲慘的滑稽劇了！

我像地球人握槍指着對方的頭，喝令那人別動，那人果然呆了一呆，先向我看了一眼，然後再看我手中的小方盒，他忽然尖聲笑了起來：「你不會用我們的武器，你根本不會用！」

說着，他轉過身，當我不存在一樣，轉身向那組儀器走過去。

我知道他可以輕而易舉再弄另一柄武器在手，我必須立即有所決定，我能決定的時間，不會超過兩秒鐘！

我陡地低頭看了一下，已經花去了一秒鐘，可是無法發現精光從何處射出，我沒有可能再浪費另一秒鐘了，我當時閃過的念頭是：四方形有四邊，射中自己的機會，只是四分之一！

四分之一，比著名的俄羅斯輪盤的六分之一死亡率，危險性大得多，可是這時，非拚一下不可了！

我在那人的手伸向前去，快要碰到那組裝置時，按下了那小方盒上的凸出點，一股精光射向我的右手邊——沒有射中那邊人，也沒有射中我！

那人陡地呆了一呆，可是我已經賭贏了，我發出了一下歡嘯聲，把手中的小方盒略轉了一轉，又按下了那個突起點。

精光再度閃現，穿射了那人的背後，那人的身子向前一仆，伏向控制台上，可是他卻立即轉過身來，用一種十分怪異的神情望着我，陡然叫：「你不是地球人，你來地球……多久……了？」

他問出了那句話，像是死亡對他來說並不可怕，得到這個問題的答案才重要，我沉聲道：「我是地球人，絕對是！」

他還在掙扎着：「不！不！」

我大聲道：「你們對地球人估計太低了！或許，上一次來的那三個，正是對地球人有深刻的了解，知道地球人不是那麼容易對付，所以才成了叛徒的！」

那人張大了口——再也沒有合攏來，身子也維持着原來的姿勢。

他身上一點傷痕也沒有——至少我這時看不出來，但是我可以知道，他死了！

我的心怦怦亂跳，先是無意識地大叫了幾聲，接着，想起了白素，又大叫着她，岩洞中傳來了陣陣回音，然後我想到，還有一個天龍星人，駕車走了的，他知道這裏發生了變故，一定會趕回來。

他來去如風，再遠的距離他瞬間可達，我實在不應該浪費什麼時間。

我先要破壞，一次又一次按着那小方盒的突出點，令精光一次又一次地射出，射向那組儀器裝置和控制台，在我進行到了一半時，那輛車子已陡然出現，我立時轉身，令精光射向車子，車子停下不動，我看到那人在車中，神色驚惶之極。

我大喝：「下來！」

那人有點手忙腳亂，但還是立即下了車，天龍星人在這樣情形下，居然知道高舉雙手，那一定是他知道我腦中在想：我會毫不猶豫地殺他之故！

我的聲音因為緊張和興奮，有點變樣：「你應該知道發生了什麼事，一次小規模的星際遭遇戰，地球人贏了！」

那人口唇顫動着：「是……是……別殺我！」

我高興得心頭狂跳：「我妻子在那裏？」

那人向控制台看去，突然發出了一個絕望的呼叫聲，雙手掩着臉，慢慢蹲了下來，不論我如何恐嚇呼喝，他都不肯再起來。

這倒很出乎我的意料之外，我正在考慮，乾脆是不是也把他殺了，他又發出了一下嗚咽聲：「你破壞了一切，我再也回不去了！」

我吸了一口氣：「看來你們對自己人很嚴？鄭保雲明明有你們一半血統，可是不被當作自己人，只是『第一號觀察品』，你們是三個人一起來，單剩下了你一個人，你回去怎麼解釋？」

那人抬起頭來，一片茫然的神情之中，透着駭然，顯然我説中了他的心病。

我向他走過去：「下次，天龍星再派人來，至少是一百年之後，你能活那麼久嗎？」

他惘然搖頭，我道：「站起來，忘記天龍星，好好做一個地球人，你會生活得極好，像鄭天祿他們一樣，成為地球上極出色的人！」

他頓聲道：「可是……給別人知道了我的身分，我……我怎麼還能生活下去！」

我悶哼一聲：「只要你自己不去到處宣揚，我保證沒有人知道，只要你自己小心點，別讓人家摸你肚子上的粒狀骨骼就可以了！」

我講這幾句話的時候，真心誠意這樣想，他也一定可以知道。

我不想多殺戮，已死了兩個天龍星人，一個是意外，一個是我非自衛不可，這個，看來膽子相當小，自然不必再開殺戒。

他眼珠骨碌碌地轉動着，我知道，我也冒了相當程度的險，誰知道天龍星人打的是什麼主意。

我在和他們接觸的過程中，可以肯定了他們和地球人有着相類似的行為方法——也就是憑着我對這類行為的熟悉，所以才佔了上風！

那人神情有點活動，但是也更苦澀：「你不會相信我，你一定會日日夜夜提防，到後來，你會忍受不住，會殺我！」

我本來想解釋幾句，但一轉念，我現在佔足了上風，何必向他去解釋，我冷笑：「我可以選擇現在對你下手，還是若干時日之後，我再下手——」

我說到這裏，陡然變色，現在我如不下手，下一分鐘，他就可以向我反攻，我哪裏是他的對手！

他也陡然臉上變色：「我不會對你怎樣……你的妻子在哪裏，也只有我知道，只有我能令她再出現！」

我壓低聲，知道他剛才在剎那之間，接收到了我的想法，所以才大是驚懼。留他在，等於是留下了一個在任何時候，任何地方都可以知道我在想什麼的人，這實在是一個極大的威脅！

在那一剎間，「下手」還是「不下手」，不斷地反覆地想，那人的臉色，也一陣青一陣紅，因為我一個意念的決定，都可以決定他的生和死！

過了足有一分鐘之久，我才嘆了一聲，我畢竟不喜歡生命的毀滅，尤其是天龍星人這樣等級的生命，我又想起了「紅人」對地球人的批評，在將來必然不可避免地和更多的外星人打交道的過程中，地球人這種永遠把陌生人當敵人的心態，如果沒有改變，那麼，可能演變為地球的悲劇。

我已決定了不再對他下手，而且，做了一件大膽之極，事後想起來不禁冷汗直冒的事，我把手中可以發射精光的武器，用力拋出去，看着它跌進了海水之中，然後，才道：「你以後可以根本不必見我，我也不再見你，地球很大，隨便你在什麼地方生活！」

那人緩慢而冗長地吁出了一口氣，臉色恢復了正常，神情也很激動，突然轉過身去，來到控制台前，迅速看了一下，忽然道：「還好，那一部分裝置沒有被你破壞，要不然，尊夫人再也不能回來了！」

我聽到他這樣講，不禁有遍體生涼之感，一面吞着口水，一面向他走去，來到他的身邊，看着他在複雜的按鈕上熟練地按着，我急急地道：「等一會我妻子……出現，請你別提及這一點！」

他回頭望了我一眼：「我們心中各有對方的一個秘密？」我點頭——這一點，可以使兩個人之間的關係拉近不少。

最後，他按下了一個大掣鈕，一根相當粗大的圓管子自岩石中升出來，升高了兩公尺左右，管子打開，我看到白素站在管子中，神情有點迷惘。

我大叫一聲，白素轉過頭來，看到了我，向我飛撲了過來，我迎了上去，凌空將她接住！

這一下動作，看得那天龍星人目瞪口呆，喃喃地道：「我們對地球人真是研究不足，從來也不知道地球人的身體可以這樣靈活運動！」

我自然不必向他解釋我和白素，都有着深湛的「中國武術」造詣。

就在我這樣想時，他已經問：「中國武術，什麼是中國武術？」

這天龍星人，果然有他的過人之能：我抱着白素，轉了幾個圈，才把她放了下來，對那人道：「等你在地球上住久了，自然會知道！」

白素向兩個已死了的天龍星人看了一眼，又指着那輛車子：「我就是上了這輛車子之後，一下子就不知道到了什麼地方的！」

我試探着：「你叫過救命？」

白素笑：「沒有啊，但是處境極其不好，心情自然焦急至極！」

我深深吸了一口氣，向她作了一個手勢，示意一切經過可以容後再說，我向那人道：「你要帶我們離開這裏，愈快愈好！」

那人指着車子：「本來這是萬能車，可是也教你破壞了，我們……沒有『紅人』的本事，紅人可以把人分解為原子，再還原，這是最進步的交通方法——」

我陡然想起，我曾被「紅人」不知用什麼方法移動過一次，難道紅人用的就是把我整個人都分解成原子的移送方法?在分解和還原的過程中，如果出了小小差錯，即使最輕微，雖然無損生命健康，但例如滿頭的頭髮忽然移到了掌心上，那也夠麻煩的了!

當時，我曾問紅人用什麼方法將我移送，紅人說如果告訴我，我會極度害怕，聽了之後，還大不以為然，這時想來，實在不寒而慄!

我在呆了半晌之後，定了定神：「總有辦法的，這裏是一個海底岩洞——」

那人苦笑：「在海底七百公尺，我也無法這樣上去，一定要有儀器的幫助。」

白素道：「只要有壓縮空氣，經過適當的減壓程序，人人都可以上去!」

我道：「我們向什麼人求救?」

白素四面看了一下：「鄭保雲!」

我大喜過望!對了!鄭保雲!我立時向那人道：「快利用你的腦活動能量，把這裏的一切全告訴鄭保雲——他和你有同樣的能力，請他來帶我們離開。」

那人現出了遲疑的神色，我有點惱怒：「還等什麼？快發信號！」

那人苦笑：「他……那個半天龍星人……他肯？」

我一時之間，不明白他那麼說是什麼意思，白素已然道：「你懷疑什麼？」

那人嘆了一聲，遲疑着不敢出聲，我有點忍無可忍之感，大喝一聲：「有什麼不能說的！」

那人被我的呼喝聲嚇了一大跳，也十分惱怒：「我們不把他當自己人，他知道這一點，他也把我們當敵人，他……肯來救我們？」

我吸了一口氣：「他可能把你當敵人，但我和白素是他的朋友！」

那人用相當不信任的神情望着我：「你……那麼肯定？」

我又好氣又好笑：「當然可以肯定！」

那人還在喋喋不休：「別忘記，他只有一半是地球人，和只有一半天龍星血統的情形一樣！」

我呆了一呆，完全明白了那人的意思，那人的意思是，在血統上，鄭保雲都不和我們完全的同類，我們的存在，對他是一種威脅，如果我們從此在世上消失，那對他十分有利！

在這樣的情形下，他會來救我們，還是任由我們困在海底岩洞之中，再也出不去？

本來，我全然未曾想到這一點，但這時經那人一再猶豫，我也不禁心中悚然，想到了有這個可能，自然而然，面上神色有點異樣！

我向白素望去，白素心思和我相仿，她吸了一口氣：「他會怎麼做，我們都不知道，何不先把求救的信號發出去？」

她望向那人，那人神情仍在猶豫，白素問：「還有什麼顧忌？」

那人苦笑了一下：「老實說，我……不願意讓他知道我們在這裏！」

我大是駭然：「他會趕到這裏來——或者是用什麼手段……毀滅這個地方？」

那人沒有再說什麼，顯然默認了我的顧慮。

我用力一揮手：「從最壞一方面去設想才會這樣。我們除非有方法可以自己離開，不然，向他求助，是唯一的求生之道！」

那人來回踱步，雙手緊握着，眉心打結，我看他真正在憂心忡忡考慮，好幾次想開口，都被白素打手勢止住，過了三五分鐘，我忍不住嘆了一聲：「那種紅人說地球人有強烈的排他性，所以人與之間互相猜疑，互相不信任，看來，在天龍星人之中，這種情形，比地球人嚴重得多了！」

那人苦笑了一下：「不論是哪個星體上的人，都是生物，生物……總有生物缺點。連『紅人』也不能例外。」

白素神情有點黯然：「生物缺點最特出的是……生物不能突破血統的束縛！」

我望向她：「你指生理上的束縛，還是心理上的？」

白素喟然而歎：「有什麼不同？」

我呆了片刻，血統的束縛，實在沒有生理上和心理上之分，都是一樣的，那是所有生物的一種生命形式，不要說無法突破，連改變都在所不能，要是能改變的話，那麼，這種生物便不再是這種生物了！

（這句話念起來有點拗口。）

而這種生物，如果不再是這種生物，變成了另一種生物，一樣有另一種生物的血統框子，將之圍在其中，從一個框子跳進了另一個框子，這樣的改變和突破，又有什麼意義可言？

一時之間，我愈想愈是覺得思緒混亂，白素顯然和我同樣陷入了沉思中，都沒有十分注意那天龍星人在做些什麼，只是聽得他突然叫了一聲：「沒有反應！」

我們這才向他看去，只見他在一組儀器之前，忙碌地操作着，又說了一句：「沒有反應。」

我和白素互望了一眼，向他走去：「你已向鄭保雲發出了信號，可是沒有反應？」

那人點了點頭，仍然在操作着，在他面前，是一幅大約五十公分的熒光屏，正在閃耀着許多莫名其妙的線條，我們當然看不懂，看那人聚精會神地注視着，可想而知，那一定代表着什麼。

他看了片刻，忽然發出了「咦」地一聲，現出又訝異又驚愕的神情，又按下了幾個掣鈕，熒光屏上的線條，閃耀得更快、更亂。

他的神情也愈來愈驚訝，愈來愈駭然，這種情形維持了有十分鐘之久，我已問了十七八次：「發生了什麼事？」

直到熒光屏上再也沒有了什麼信號，那人才轉過身來，用一種異樣的神情望向我和白素，我再把那個問題問了一遍。

那人不由自主喘着氣：「鄭保雲……向你說起過……三個背叛者的事？」

我點頭：「是，三個天龍星人，決定在地球上生活。」

那人語調極其憤恨：「他說謊！」

我不知他為什麼忽然這樣責斥，而且我覺得，鄭保雲是不是說謊無關重要，重要的是他是不是收到信號，有沒有回音！

我把這一點提了出來，那人嘆了一聲：「相當重要，鄭保雲撒謊，沒有把他父親當年的真正行為告訴你！」

我提高了聲音：「那無關重要——」

那人猛地揮手：「十分重要！背叛者只有一個人：鄭天祿，兩個天龍星人死於謀殺，兇手是鄭天祿！」

我聽得瞠目結舌——早就意識到，天龍星人的行為和地球人極度近似，想不到也包括了謀殺這種行為在內！

那人急速地說着：「鄭天祿有了兒子之後，就開始實行陰謀。起先，他們為了要取得觀察研究的標本，才由鄭天祿娶妻、生子，可是當鄭天祿的兒子漸漸長大，為了維護自己的兒子，他不惜謀殺兩個同伴！」

我深深吸着氣，白素不由自主發出了一下低哼聲，這是一個相當動人的外星人故事。

一個外星人，來自遙遠不可測的天龍星，對地球一點也沒有感情，把地球當作是實驗站，為未來星體大規模的入侵作前站。

為了進一步觀察研究——或許研究的課題是「如何和地球女性結合」，或是「與地球女性結合後生育的可能性」，又或許是「與地球女性所育嬰兒之特性」等等，是純觀察性的研究，絕沒有什麼感情的成分在。

但是，和地球女性結合了，過着和地球人一樣的夫妻生活，孩子生下來了，新生命帶來的喜悅，遠遠超過了對異星生物研究觀察的熱忱——那是自己的下一代，不可避免，有着與生俱來的血統上的情感！

而且這種感情，必然隨着孩子的成長，與日俱增，直到真正達到了和地球人的父子關係同樣的程度，那時，鄭天祿一定曾經過十分痛苦的思想煎熬，他可能還曾和他的同伴商議過——當日發生的事，詳細的經過已不可能知道，但結果是，鄭天祿為了保護自己的兒子，而做出了十分可怕的行為：背叛和謀殺。

然而，他的行為是當或不當，又難以下判斷。尤其，站在地球人的立場，如何判斷？

白素先問那人：「你怎麼知道有謀殺？」

那人指了指熒光屏：「剛才忽然收到了大批信號，翻譯出來，是那兩人臨死之前，對鄭天祿的控訴，他們說出了事實。」

我重申：「那也沒有什麼重要，早已過去了的事！」

那人緩慢而沉重地說：「十分重要，鄭保雲早知道這一切，他不告訴你，使你以為向他求救，他會來救你！」

我吸了一口氣，明白了那人的意思。鄭保雲知道他父親當年的行為，可是不告訴我，又騙我做「餌」，到天龍星人的總部來，安的是什麼心，怎能不教人起疑？一時之間，我一句話也講不出來，鼻尖冒汗——鄭保雲一直在騙我，我的存在、白素的存在、天龍星人的存在，對他日後在地球上的生活，都是極大的障礙，他利用我和白素對付天龍星人，那是借刀殺人之計！而在我和白素對付了天龍星人之後，會處於什麼樣的困境，他一定也早已料到的了！

為了求證這一點，我不由自主聲音發顫：「你們在這裏……在海底岩洞中建立了基地，鄭保雲是不是知道？」

那人想了一想：「應該知道，因為我們不斷發信號，要和他聯絡。他能憑儀器發出的信號，找到上一次那批人建立的地洞，自然也知道有這個海底岩洞的存在——」

他講到這裏，也陡然明白我為什麼要那樣問他，先是停了一停，接着，便「哈哈」大笑起來。

顯然，他也想到了一切事情的經過，知道了從頭到尾鄭保雲的陰謀，明白絕不能依靠鄭保雲來救自己，所以他的笑聲，到後來簡直如同嚎哭一樣！

我要竭力忍着，才能不發出和他一樣的聲音，可是神色自然難看之至。

白素最鎮定，她走向一塊岩石上，坐了下來，以手支頤，沉思——如果不是處境那麼惡劣，白素的這種神態，極其動人，值得看的。

那人終於止住了「笑」聲，我和他互望着，他突然狠狠地道：「地球人的劣根性，使他成了最卑劣的騙子！」

我悶哼一聲：「安知不是貴星體的劣根性？」

那人變得十分衝動，來回走動着，愈走愈快，我不知道他要做什麼，只見他走了一會，又來到控制台前，忙碌的操作了一會，再回過頭來狠狠瞪着我——我不知道他在幹什麼，但知道他何以向我瞪眼，因為控制台上有許多設備，都被我用那種會射出精光來的武器所破壞，不能發揮原來的作用。

白素一直坐在那塊岩石上，冷冷地看着那人，我來到白素的身邊，白素低聲道：「這天龍星人在設法想獨自離開這裏！」

她的話才一出口，那人就惡狠狠道：「是！我要離開，我比你們高級進步不知多少，不會被困在一個岩洞中等死，我會離開！」

白素心平氣和：「我勸你不要冒險，能力再強，無非是靠一切設備的幫助，若是單憑體能，你對地球環境的適應，比不上我們！」

那人連聲冷笑，突然一個轉身，來到了白素剛才出來的那圓管之前，一下子走了進去，背對我們而立，裂成兩半的圓管合攏，向下沉去，我向前奔過去，圓管沉下之後，找不出什麼痕迹，我也無法知道如何才能使這圓管再升上來。

我忙向白素望去：「你才從那管子出來，他可以到什麼地方去？」

白素道：「這管子不過是一座升降機，它通向一間密室，絕無其他的出路！」

我吸了一口氣：「或許你沒有發現？」

白素同意：「有可能，但我不以為可以離開海底，不然，他剛才不會如此失常。」

我又追問：「那麼，他到那密室去幹什麼？」

白素嘆了一聲：「我怎麼可能知道一個天龍星人想幹什麼？」

她說的倒是事實，我道：「我們兩人的潛水能力都十分強，這岩洞……不管在海底多深——」

講到這裏，我也不禁搖了搖頭，講不下去。岩洞可能在海底，超過兩百公尺，人自然可以向上升去，但一定要經過長時間的降壓過程，不然，冒出水面的，將是我和白素的屍體！

我來回走了幾步，來到了那輛「車子」旁邊，車子自然已經損壞，但是損壞的只是機件，不是外殼，我打開車門，看了一看，又把車門關上，忽然之間，靈機一動，轉回身來望向白素。

白素搖頭，她知道我想到了什麼：「那麼多機械裝置，太重了，無法浮得起來。」

我吸了一口氣：「要是把裝置拆掉？」

白素微笑：「可以試一試，反正我們沒有事！」

白素處事鎮定，現在這樣的情形，她還是十分鎮定，甚至有點輕鬆。她並不向前走來：「我寧願試一試和鄭保雲聯絡——剛才我看那人操縱儀器，我想可以令鄭保雲收到我們的訊息。」

我已經開始把車子中容易移動的東西先搬出來，一面罵着：「這……雜種，比純天龍星人……純地球人更壞，我……再讓我見到他的話——」說到這裏，把一大件不知是什麼裝置搬了出來，用力砸向岩石，爆出了一陣火花，散了開來。

白素已在忙碌地操作，一面注視着面前的那幅熒光屏，我偶然轉頭去看一下，熒光屏上依然有一些黑點、亮線在閃耀着。

我工作的速度相當快，要破壞，總比較容易，一小時之後，車中的空間已擴大了許多——那本來是一輛神奇之極的車子，幾乎可以瞬息萬里，上天入地下水，無所不能。可是我此際的目的，卻只是想要它的一個空殼，使它可以利用最簡單的浮力原理，升上海面去！

白素仍然在操作，她吸了一口氣：「我相信我的信號已發了出去，鄭保雲應該可以收得到。」

我已累得滿頭大汗：「問題是他收到了信號之後的態度如何！」

白素笑了一下：「我發出的，不是求救信號。」

我大是訝異：「你……對他説了些什麼？」

白素向我眨了眨眼：「我告訴他，我們已知道他一切的行為，若是他不向我們道歉認錯，我們一定不會放過他，要他立刻就來！」

我聽了，不禁又好氣又好笑，我們現在的處境，由鄭保雲一手造成，他絕不會不知道，他怎會來向我們道歉認錯？這不是異想天開嗎？

我賭氣不再理白素，轉過身去，想把車中一件最大的裝置拆下來，當我的努力還絲毫沒有成就之時，突然聽得身後響起了一個熟悉的聲音：「唉，衛斯理，除了破壞之外，你還會做點什麼？」

鄭保雲的聲音！

一剎間，我還以為那是在絕望之餘的幻覺！我疾轉過身，看到鄭保雲就在身前，我大叫一聲，一拳向他打了出去，他反應極快，一翻手，用手心接住了我的一拳，我第二拳還未曾打出，他就叫了起來：「我來道歉，你卻打我？」

白素也在這時叫了我一下，我揚起的拳且不發出，只是盯着他。他道：「我來遲了，實在這裏太隱蔽、太深，不是紅人幫我，我還到不了這裏，紅人送了我一艘小飛船，你看！」

他向岩洞有海水處的一角指了一指，我看到一艘小飛船泊着，白素還在控制台前，伸着懶腰，像是如今這種情形，早在她意料之中！

我且不向白素追問原因，向前一指：「還有一個天龍星人……在下面！」

鄭保雲閉了閉眼睛：「他……自殺了！」

我和白素都吃了一驚，鄭保雲嘆了一聲：「沒有特殊的原因，要在一個陌生的星體上生活，極其困難。」

我瞪着他：「你父親選擇了地球生活，是因為有了你！」

鄭保雲神情有點惘然：「我……想是如此，我……也必須選擇……在地球生活，我雖然身體、生理結構，全是天龍星人，但是我無法到天龍星去生活，天龍星不會接納我，就算我對天龍星人再忠心耿耿，肯下手把地球毀滅，他們仍然不會接納我！」

我仍然瞪着他，他低下頭去：「當然，我也知道，地球也不會接受我！可是，地球人……不知道我的真正身分，不知道我有一半天龍星血統——」

我打斷他的話頭：「你錯了，有人知道，我、白素！」

鄭保雲抬起頭來：「是的，但只要你們不說，就不會有第三個人知道。」

一直到這時為止，鄭保雲其實還是佔着上風的，可是這時，他望望我，又望向白素，神情卻充滿了哀懇，希望我們替他保守秘密。我吸了一口氣：「鄭保雲，你是一個混蛋，可是我承認我不明白你的行為，你可以任由我們在這裏自生自滅，你的秘密不是更安全？」

鄭保雲點頭：「是，可是你，你們，是我的朋友！」

他的話，語調甚至十分平淡，但是我聽了之後，心中陡然一陣激動，很有點熱血沸騰之感，向他走過去，張開了雙臂，他也一樣，我們自然而然的緊緊相擁！

朋友！

這個在地球長大的半外星人，知道地球人之間，有可貴的朋友關係！

就像他的父親，一個來到地球的外星人，在有了兒子之後，懂得地球人有着父子的親情。

地球人的人與人關係，也還很有一些可以令有高度文明的外星人覺得可貴處，受到感染，進一步發揮成高貴的品德！

我向白素望去，白素做了一個「我早已知道」的神情。我和鄭保雲互相拍着對方的背部，好一會才分了開來，兩人的眼角都有點濕潤。

可是，我們都沒有說什麼，因為這時，根本不必用語言來表達各自的心意了！

我深深地吸了一口氣，在和鄭保雲相識的過程之中，曾好幾次由於他的行為，而對他大是不滿，直到現在，我才肯定他實實在在有着地球人的感情，不論是好是壞，在他體內的一半地球人的血統，起了極大的作用！

我才想到這裏，他就向我搖頭：「主要的，不在於我有什麼血統——就算我是百分之一百天龍星人，只要我一出世就在地球生活，我也必然是地球人，不是天龍星人！血統十分無形，有時能引發起一陣激情，但當你想到你根本無法單憑血統生活，你就不會再重視它……」

我和白素深以為然，一起點頭表示同意。

我吸了一口氣：「你有什麼打算？」

鄭保雲像是我多此一問：「有什麼打算？大富豪鄭保雲久病痊癒，這就是我的打算！」

他一面說，一面向我們眨着眼，我和白素一起笑了起來：「當然，沒有人知道大豪富鄭保雲是——」

他打斷了我的話頭：「我是什麼？我是地球人！和所有地球人一樣！」

他一面說，一面用力拍着自己的胸口，發出「啪啪」聲來，拍了幾下，又在自己的肚子上摸了一下，神情有點鬼頭鬼腦。

我們一起笑了起來。

我和白素遵守諾言，沒有對任何人，包括溫寶裕在內，說起過鄭保雲的秘密。

如今，雖然把每段經過都記述了出來，但鄭保雲當然不是真姓名，猜猜，或許可以猜到他現在以什麼身分在地球上活動，但自然無法去摸摸他的肚子以求證明，也只好猜疑。

鄭保雲不會怕人猜疑。因為，像神話故事一樣：從此之後，他快快樂樂在地球上生活，想也不想自己有一半天龍星血統。

當然！當然！他有天龍星人的智力，約莫超越地球人一千年，你想什麼，他都知道，他自然極其了不起。

我們是好朋友，有什麼疑難事，我也會去問他，和這樣的一個半超人做朋友，十分愉快。

最近他在談戀愛，我們都希望有四分之一天龍星血統的小孩出現。

最近一次的聯絡是他告訴我：「紅人」通過他，還在感謝我。我也十分想念「紅人」，他們樣子雖然怪，性格可愛極了。

自然，我和白素在良辰美景面前，提也不敢提起有「紅人」這回事！

（全文完）

衛斯理小說典藏版　54

# 血 統

作　　者：　衛斯理（倪匡）
責任編輯：　黎倩雲　　陳桂芬
封面設計：　李錦興
出　　版：　明窗出版社
發　　行：　明報出版社有限公司
　　　　　　香港柴灣嘉業街18號
　　　　　　明報工業中心A座15樓
電　　話：　2595 3215
傳　　真：　2898 2646
網　　址：　https://books.mingpao.com/
電子郵箱：　mpp@mingpao.com
版　　次：　二〇二二年七月初版
I S B N：　978-988-8526-55-0
承　　印：　美雅印刷製本有限公司